たそがれのぶんちゃか

和田　幸也　著

まえがき

八十歳になった時に作文教室に入会した。三十年は続いてきた教室のようだが記録も無く、最初の頃の会員は亡くなられてきているので経緯は不明だ。ただ、横浜市が主催し生涯学習の名目でパソコン教室と作文教室があったそうだ。しばらくして市が主催を降り折角だからと有志が続けてきたときく。入会したころは十数人のメンバーだったが、六年経った今は七人になった。毎月第四月曜日に公共の部屋を借りて、作品の合評を行う。現在の講師は那須備述さんで、慶應義塾の普通部と商工部の違いだけで新制大学一期生として、経済学部を卒業した同期だった。

作品は八百文字で、内容は日常生活から取り上げるのが原則。ところが私には「朝起きて二階の窓を開ける」とか「買い物かごを抱えて市場に行く」という日常が無く、もっぱら旅そして食、酒と、講師もあきれていたが認めていただき六年経つ。講師から原稿に朱を入れていただき、皆さんと時には厳しく、時には温かく読後の感想を話し合う会である。

その原稿がたまり今回「たそがれのぶんちゃか」と題して一冊にまとめた。

八十歳の時に「生ききる」と題して食、旅、心の三部作とした。これを出してから「作文教室」にご縁が出来たのだから本末転倒である。恥をひけらかしたようなものだ。今回はすでにベテランの目を通している分、多少テニヲハの使いようや、意味不明の文節は少ないと思う。

本来は八十八をめどにまとめ始めたのだが、そこは老人、ゆったりした気持ちになれず、それっとばかりに印刷にまでこぎつけてしまった。

内容的には政治や世相の動きには程遠く、こうしてみれば日常生活の作文にはなったかもしれない。

一つ一つに多くの方のまなざしが入り、特にお名前は記さないが沢山の方々のお力があって、この本が出来上がったと思っている。

あらためて心より感謝申し上げる。

前回同様「銀の鈴社」には大変お世話になった。

またページをめくって頂き、「うん、うん」とうなずく場面があれば望外の幸せである。

平成二十八年秋彼岸

目次

I
あれやこれや（それはさておき）

II
おつかれさま（たびする）

I

あれやこれや（それはさておき）

飲む　打つ　買う

本来は呑む　打つ　買うの三拍子、男を誘い込む悪魔の調べだ。ところが年寄りにとっては、これが応援歌になることにふと気がついた。

そのよってきたるところは

飲む—体内の水は筋肉に貯えられる。歳をとると筋肉は若い頃に比べ五十％ほど減る。だから水の涸れたダムと同じ干からびる寸法だ。枯れた人間と言われるゆえんだ。

其の上、歳をとると何事にも感度が鈍ってくるが、のどの渇きに気づかないのもその一つだ。

ビールは胃から吸収するが、水は腸にいってから体に浸み込むので時間がかかる。したがってすぐ体には回らず手遅れになり易くて、だから熱中症になる。常に意識して水を飲もう。水も滴るいい老人ともてはやされる為に。

打つ—マージャンを打つと指先は使うし、頭も使うので、良く老人のボケ防止にと広く言い伝えられる。

しかしマージャンには相手がいる。一室に籠って社会との繋がりもあまりない。

携帯やスマホでメールを打とう。社会の誰かと通じ合える。またパソコンのワードに向かってキーを打とう。来月の作文教室に提出する原稿のために。

買う―老後のために蓄えたお金を使って消費しよう。後期高齢者となればれっきとした老後だ。今使わずしていつ使う。なまじ小金があると、子供たちにとって遺産相続ならぬ争続の元になる。

使い切った時にまだ生きていたらどうしよう。でもそんな先のことまで考えても始まらない。

ただあの世に行く時、渡し船の船頭に渡す六文がいる。日銀では発行していないので古銭市場で買う必要がある。小判とは違って安いものだ。小銭を残しておけば充分足りる。

個人消費が落ち込んで市場が暗い中、年寄りのささやかな購買力でも、世の中が潤う。お荷物と言われている年寄りが、高貴または光輝高齢者ともてはやされる為に。

詐欺師

数カ月の間に古典的詐欺に二回もあった。

いや詐欺師に二回が正しい言葉遣いか。

虎ノ門のホテルオークラ、集古館の裏手の道に出た所で「先生、先生」と国産の小型車の窓を開けて、助手席の男に呼び止められた。

「先生は本物の分かる方とお見受けした。今ロータリーの会合でロレックスが当たったのだけど、いくつも持っているので差し上げたい。本物の分かる人でないと差し上げても無駄だから」そう言いながら胸のバッチを見せた。

（あのねえ、本物の分かる人の前で偽のバッチは見せない方がいいよ。それにロータリアンは殆ど外車の運転手つきだよ）。

先生にはもう一つワニ革の財布を上げちゃうと黒光りする財布を出す。いらないよ、運ちゃんに上げたらと言うと「こんな奴には猫に小判、豚に真珠ですよ」と古風なことを言う。

（それで本題は？）「実はこれからホテルの会合に呼ばれているんだが、まさか手ぶらでもねえ。二、三万包みたいんだけど……」「ご苦労様、向こうで友達が待っているから」、坂の下で先に行った友達が本当に手を振っていた。

車は急発進するとすぐ左に曲がった。

次は地元藤沢だ。ＪＲ藤沢駅の改札を入った所で、向こうから小柄な中年男がニコニコしながら近づいてきた。

「やあ、お久しぶり、元気そうだね」（？）「俺だよ、おれ、金子、金子」そう言って手を出してきた。思わず握手をしてしまったが、怪訝な顔は変わっていなかったらしい。

「ほら、病院でさあ」（病院で人と会話した記憶なんてないけどなあ）。

しかし考える暇を持たせないようにブツブツ言っていたが、ポケットからロレックスの時計を出してきた。

「持って帰るのもなんだから貰ってくれない」（高価な時計を箱にも入れず裸のまんまポケットから出すなよ）

「あ、電車が来るから失礼」

声をかけやすい顔をして歩いているのか、二、三万円の詐欺師しか寄ってこない寂しい顔なのか。

へそ

母親と繋がっていたという大事な証拠物件である。別な言葉でいえば生命の誕生の跡ともいえる。

何せ繋がっていなければここにはいない。

でも母親との大切なモニュメントだから、寂しがり屋は何時までも、少しでも母親に近づこうと出べそになる。

大体は大人になるまでに引っ込む。

へその形の理想は仏様である。横に切れていて深い。やや立ち気味に見える人のは、日々緊張した生活の表れとか。

ただ生まれてしまうと生きるためには必要が無くなるから、暇つぶしにお茶を沸かしたり、ごまを作ったり、曲げたりと存在をアピールする。

ほぞと読むと「噛む」と「固める」がある。どんなに柔らかい体でも、自分で噛むことは出来ないし、固める材料は何処から運ぶのだろう。

面白いのは「曲げる」と「曲がる」の違いだ。

「へそ曲がり」は何時でも人の言うことを「はい」と素直に受け止められず、右と言えば左、白と言えば黒、可愛げがない。

一方眉毛を三角にしたり、すねたりする場合を「へそを曲げる」という。「曲がる」が男性なら、すねるのがお得意なのは子供と女性、とはあえて断言しない。へそを曲げられたら、元に戻すのに苦労するからだ。

某製薬メーカーが、蛙のイラストをマークにしたり、薬局の店頭に不二家のペコちゃんみたいに飾った時代があった。

テレビのコマーシャルや新聞広告では「オメエへそねえじゃねえか」の言葉を使った。

もしへそが本当にない人を見たら、どうしていいか小心者には声が出ない。

真面目

大事な性格の一つである。ただ綺麗な言葉ではないが、くそがつくと問題を起こす。

定年間近の初老の男、古びたコートに擦り切れたカバンを抱え、朝は八時に家を出て、五分前に会社に着き、夕方五時には家路につく。

悪魔が見ていられないと耳元で囁いた。

「これで人生終わっていいのかい。たまには遊んだらどうだ」

男もふと自分の人生を振り返り（そうだよな。たまには・・・）。

そこにボインの美女が現れる。

「お兄さん、そんな不景気な顔をしていないで、たまには遊んで行きなよ。抱いてもいいよ」

男は黙って女の腕を取る。ビルの陰から黒メガネのお兄さんが立ちはだかる。

「てめー、俺のスケに手を出しやがったな」手には光るものが。男は倒れた。

見ていた悪魔が呟く。「なんてこった！」

シャンソンの『ムッシュ・ウイリアムス』と言う曲だ。

花のパリ人にもくそ真面目な人種がやはりいて、歌にもなっているのがおかしい。

男の三拍子、呑む、打つ、買うは、はしかに例えられる。伝染病だから予防出来る。

早めの経験、体験だ。はしかだから若い時に罹った方が軽く済む。歳を取ってからだと治りにくいし、命取りにもなる。

夜の巷は手練手管にたけた女性ばかりと思っていい。「サーさん、どうして飲みに来てくれないの。私寂しくて」「スーさんは私の好みなの。一緒にお食事がしたいわ」とささやかれ、せっせと通ううちに皆が同じセリフを言われているのに気づく。お堅い人間は「俺を騙しやがったな」と叫ぶ。野暮なお客は夜の巷からは追放される。

又、中年になって遊びを知ると「ターさん着物買って」と言われて一生懸命みつぐ。そして「あの子、僕に気があるみたいだ」などと固い人ほど黙ってはいられない。

いつしか奥方の耳に入り家庭は壊れる。

寅さんじゃあないけれど「男はつらいよ」。

町名

東海道本線藤沢駅を南口に下りる。海岸まで藤沢、鵠沼、片瀬とサンズイの町名が続く。水に浸り易い土地の証しである。

静かな別荘地ではあったが、昭和三十年代後半から開発の波におおわれた。ヨーカ堂やホテル、雑居ビルが線路のガード寄りに出来ていった。ガード下を含め大雨に弱い場所である。

ホテルは平塚の旅館が建てた。他のビルは古老の言い伝えを信じ、スーパーは電源の場所を屋上に、雑居ビルは土地を少し盛り、外から地下に入る階段の所に、防水板を設けた。

たまたま年寄りの記憶にしかないような大雨が降り、水が溢れてガード下は通行止め、ホテルとスーパーの地下は水につかった。

スーパーは地下の食品売り場が浸水したが、電源が確保できたので翌日、一階から上は営業を再開できた。

ホテルは電源室を地下に設けた為しばらく営業不能でつぶれ、大手のホテルに買収された。

　町の名前はそういう意味で大切な手がかりだ。歴史から文化、こうした土地柄までをあらわしてきた。

　アメリカのように利便性だけで、番号の羅列に終わっているのを、郵便配達に楽だとか、行政に便利だとかだけで深い意味を考えることなく、役所は平気で変えていく。

　それもたいした議論もせず、町民から意見が出る時間をもたないようにさっさと公告する。どれだけの街がロマンをなくし、歴史を消してしまったことか。また議員自身の教養の無さは、読めない書けない文字ではと、親切心を表面に出してひらがなにまでしてしまう。その上市町村の合併で、その土地固有の味のある村や町の名前を、お互いのメンツにこだわってつまらない町名に平気で変える。いわゆる二つを足して二で割る方式を使う。

　いま京都の住所が長過ぎると、上る下るを使わない住所に変えようともめている。便利さだけでは生きられない。

肩書き

昔から人は下流社会、中流社会と努力をして上がって行く。でも上流社会は長い歴史に培われてある。

公家時代から武士が台頭して行く中で、公家の社会に肩を並べようと茶を嗜み、和歌を作りと努力したものの、所詮は叶わなかった。

権力や財産を一代で手に入れたものは、成金といわれて蔭では軽蔑された。又権力と財力ではこの社会には入れないし、生半可な修行ではすんなりとたおやかに「ごめん遊ばせ」とは出てこない。ではせめて名刺に肩書きが欲しい。そこに商売が生まれた。

既に昭和二十年に廃止された爵位、公爵から侯、伯、子、男爵、もう廃止されているから頭に元を付ける。元子爵といった具合だ。公爵は男爵の十倍くらいで、確かな価格は忘れたが最高一千万はしたと思う。

博士号を売る会社もあった。一応論文は出させる。審査の上というのがみそだった。

昭和四十年代の頃と思う。医学博士は三百万円、薬学博士は三十万円だった。実際に三百万円を出して医学博士号を手にした人が、講演会の時、肩書きに使ってチクられたことを知っている。

丁度その頃ある小人数の会に誘われた。場所は浜名湖の舘山寺温泉だったことは覚えている。会の目的は何だったのか記憶にないが名刺を交換した。全員肩書きに博士号が入っている。盃を交わしながら夕食を共にした。話題が何故か学究の徒という感じが薄く、顔つきや雰囲気が軽いし重みもない。実に不思議な経験をした。

後で誘われた人に訊いたらやはり買った博士号の持ち主達だった。

理学博士、文学博士、哲学博士、だんだんとそれぞれの本職を知る。夫々電気治療士、大黒天の研究家、占い師と、何となく内容的には、可笑しくは無い肩書きではあった。

刑事コロンボ的に見る

主役の俳優は亡くなったが、衛星放送で繰り返し放映するのを懐かしく見ている。犯人を追いつめていく筋書きが本当に細かい。

子供の時から人物観察が好きだった。

小学校四年生の秋のこと、当時喘息を持っていて秋口は必ず発作が起きて、学校をよく休んだ。

そんな昼下がりのある日のこと、裏の家の庭で奥さん連中が騒いでいる。垣根越しに覗くと輪の中に、国防色の服を着た若い男が泣きじゃくっている。空き巣に入って逃げ損ねたようだ。見ると泣きじゃくっている割には涙が流れていないし、うつむいている目はキョロキョロと逃げる隙を探している風情に見える。

「母親が死んで、オヤジは中国に出征していて、食べるもんが無くて」と泣きながらの話に、大勢は見逃してあげようという雰囲気だった。

「この人嘘泣きしているよ。涙がさっきから出ていないもん」

怖い目でじろっと睨まれた。結局警察を呼ぶことになってしまった。

大人になってもその性から抜けない。喫茶店や電車の中で人の観察をするのは楽しい。

或る日の駅構内にあるドトールコーヒー店午前十時、気になったのは二人。一人はやせ細った青年だ。入る前から座っていた。コーヒーにパン、膝に旅の雑誌が置いてあるが、ずっと同じページでめくらない。今一人は背広姿の中年男、後から来たがホットとアイスコーヒーにトースト、アイスコーヒーを半分残して立った。どうやらそのチェーンの本部の人間らしく、店内のチェックを始めた。物を置くテーブルの下の棚を指でなぞり、植木鉢の土をさわる。外に出て全体を見回していた。

人間観察はやめられない。

ラリック

ラリックなる作品のガラス器に出会ったのは、片瀬山に住むようになってからだ。

住宅街に「燦」という女物の衣服や装身具を扱うブティックがあって、ガラス器もあり、その中にラリックがあった。

デザインとずっしりした感じに手触りも良く、まずグラスを求めた。

その気になって注意をしてみると、結構展示をしている場所がある。

伊豆高原、諏訪湖のほとり、ここには世界に三台しかないと言われる「茸のランプ」が飾られてあった。

此の二軒は成金が骨董屋から持ち込まれて、道楽で集めた感じがあり、洋画、日本画、陶器、磁器と統一した思想が無い。だからラリックに次ぐと言われたガレ迄が付いている。

箱根ラリック美術館、滋賀県長浜の成田美術館は、ラリックだけの美術館だが、ラリックの本当を知っている成田に手を挙げる。

電灯が出来、電球を中に入れるランプが発想の元だから、照明如何で作品が良くも悪くもなる。その心を汲み取って飾られているのは成田美術館の方だから。

以前六本木の国立美術館でラリック展があった時は、何割かを成田美術館が提供していた。

第一回のパリ万博にラリックが水の女神の像を噴水塔に二十四体飾ったが、そのうち十体は行方不明で、成田美術館には二体がある。

歯医者のお嬢さんが二十歳の誕生祝いにお父さんからラリックの作品をプレゼントされる。

それからお嬢さんはラリックにのめり込み、美術館が出来るほど溜まったという訳だ。時々受付におられる。もう相当のお年になられた。

盗難に遭う

仕事仲間七、八人と福島の温泉に出かけた。夕食が終って軽く酒も入り街に繰り出そうということになった。

金庫の備えつけは無く、財布などは茶色の袋に入れて帳場に預ける。

みんな面倒臭がったが私だけ預けた。

何ということも無く夜の街から戻って来て、それでも少し心配だったのか何人かが背広の内ポケットに手を入れにやりと笑った。財布はあったのだ。

翌朝支払いをする段になってみんな青くなった。財布はあるが中身が無い。

うーん敵ながら天晴れなしわざだった。みんなの分を立て替えた。

次は新大阪から弁当とカップ酒を買って新幹線のグリーン車にのった時のことだ。

上着を窓際に吊るし、ガタンと動き出すのを待ってチビチビと酒を飲みはじめる。

京都ですぐ前の席に大きな男が座ったのは覚えていたが、すぐトロッとまどろんだようだ。

次の米原駅で目を開けると大きな男は下車したらしくいなかった。

たったひと駅でグリーン車を使う人もいるのだとへんな感心をしたのは覚えている。

下車駅が近づいて背広を手にして気がついた。通りがかった車掌に「やられた」と言ったら、「上着ごと盗まれなくてよかった」と変な慰め方をされた。日常茶飯事の出来ごとのような顔だった。

面子

何れの国もそうだろうが面子にこだわる人は多い。

顔に泥を塗られたと本人はシャカリキに言う。どんな泥か見て見たい。この泥で焼き物を作ったらどんな作品が出来上がるだろうか。

銀行が一時期合併を繰り返した。私の取引銀行も忘れる位名前が変わった。太陽銀行から神戸銀行と合併して太陽神戸銀行、三井銀行と一緒になってさくら銀行、さらに住友とで三井住友銀行となる。名前を残すと順序に面子が加わる。よって出来上がった銀行は先に書いたとおりだが、面子がどこかで生きている。三井住友銀行はローマ字ではＳＵＭＩＴＯＭＯ　ＭＩＴＵＩだ。

やはりお互い面子にこだわっている。

大学の後輩が太陽神戸銀行時代埼玉で支店長をしていて、定年近くに栄転の形で神戸の支店長になった。彼は太陽の出だった。今更この歳で単身赴任は辛いと断ったが、神戸は神戸銀行発祥の地、合併してから支店長は交互に送りこんでいて、断られるとバランスが崩れると言われ、泣く泣く二年間神戸で一人暮らしをした。

何回か出張の折には陣中見舞いと称して三宮辺りで呑んだ。宝塚出身の綺麗なママのバーに連れて行かれ、それなりに楽しんでいるなと秘かに笑った。

昔の名前を残すこともあるが、全然違う名称にすることもある。第一勧銀と日本興業銀行、富士銀行はみずほ銀行になる。日本のシンボル富士でも、銀行発祥の時につけられた数字を後世に残す第一という手もあったろう。今でも第七銀行とか第百銀行があるのだから。これも面子の張り合いの結果か。更に機械システムでも第一が頑張った為、大きなトラブルを起こした。一番遅れているシステムといわれていたのにもかかわらずにだ。

古都

歴史のある町という条件だけなら、鎌倉、奈良を筆頭に全国数え切れないと思うのだが、その歴史が途切れずに続いているのは京都だけではないか。東山の六道珍皇寺近く、幽霊子育て飴が五百年続いて今も求められるが、なんと千年も続いている和菓子に出会った。新聞の小さな囲みに紹介されたお菓子だが、なかなか出会う機会に恵まれなかった。そのお菓子が目の前にあるではないか。

京都伊勢丹地下一階の菓子売り場、名前からしておどろおどろしい「清浄歓喜団」、略して「団」という。奈良時代遣唐使により伝えられた唐菓子の一種で、千年の歴史を昔の姿そのままで作られているのだ。

とにもかくにも千年の姿を変えていないという。ものはためしと一つ買う。ケチ！　でも食べた経験が無い上に、親指大で五百円である。

昔は密教のお供え物だったので下々の口に入るお菓子ではなかった。

七種の香料を入れてあると言うが、口に入れた時に子供の頃母親の化粧品をいたずらして、その手でお菓子をつまんだ時の、口の中に広がった得体の知れない香りを思い出した。

名古屋にも京都のような歴史に彩られて作り続けている和菓子があるが、今まで気になったことのない感覚だ。大分京都の空気に汚染されていることを感じる。名古屋のデパートで先ずは聞いてみた。思った通り「ういろう」しか答えが返ってこなかった。

デパ地下を歩いてみた。売り子も扱っている商品に誇りが無いのか、お菓子につけられた名前の由来すら答えられない。やはり京都は魅力的だ。

歳をとること

時間は万人に平等に与えられている。誰しも一時間は同じように一時間だし、一日は二十四時間だ。ところがこの時間が積み上がって年齢となると、とたんに不平等になる。

平均寿命が八十歳とすれば、平均だからそれを支える為には誰かが亡くなる必要がある。

A町にはA町に与えられた総年数があると思っている。だから高齢者が偉ぶってみたり、お迎えが来ないとブツブツ言う人はとんでもないことになる。ただこの言葉はどうも平成に入って死語になった感がある。誰も死なないと思い始めているからだ。

ところで自分が歳をとるということは、誰かの歳を戴いていることに気がつくと謙虚になり、お蔭様と感謝の気持ちを自然に抱くことになる。

この考え方のヒントは児童文学作家ミヒャエル・エンデ「モモ」からだ。

この話はある町に時間泥棒が現れることから始まる。灰色の顔をしたグループは時間を持っていない。だから町の人達から時間を少しずつ取り上げる必要がある。のんびりと毎日を過ごしている人が時間を取り上げられると、時間に追われてイライラと生きるようになるというお話だ。

「モモ」は漢字を当てれば「百」だ。少女の設定だがこの世の人ではない。なんて言ったって百歳なのだから。

ただ「モモ」が毎日公園に行くといろんな人がやって来る。「モモ」の周りの空気が温かくホッとするのだ。結局「モモ」の手によって時間泥棒は追いやられ、またゆったりとした時間が流れるようになるのだが、それはさておき歳をとるということは、誰かの歳を貰わないとその歳にならないということに気づかされたという話。

こうしてグダグダと、理屈をダラダラと書いたことを、五歳の男の子がいとも簡単に詩にかいてくれた。

「おばあちゃんは百二歳まで生きて下さい　僕は九十八歳まで生きたいです。だから二歳はあげるよ」

卒業式

孫娘の高校卒業式に参列した。入学式に出たからという理由だけ。式が進むにつれ壇上の担任教師たちが男女を問わずハンカチを使いだす。三年間続けての担任だし、年頃の娘たちを送る淋しさと、無事大学に進学させた喜びがないまぜになっての涙だろう。何時かつられて涙が溢れる。その上に「仰げば尊し」「蛍の光」の曲が流れれば涙も頬を伝う。

ふと自分の時代はと振り返ってみた。唖然とした。なにも記憶にない。思い出しもしない。確かに小中高そして大学と、節目の度に世の中の大きな変化に関わってきた。

昭和十七年春、前年の十二月に英米と戦争がはじまり、毎日『勝った勝った』のニュースが流れ、陸海空軍の少年兵に志願して死ぬ覚悟の春に、甘い別れは生まれ難かった。小学校の卒業証書は戦災で焼失した。中学四年の夏敗戦、校舎は焼け、授業は電機学校の校舎、着るものも食べるものも無いまま、そんな時代に卒業式のゆとりなどあろうはずがない。そのまま高校（予科と称した）も借り上げの校舎でスタートし、クラスには復員兵が溢れ、子持ちの学生もいて騒然とした世相ではあった。

この年辺りから戦災孤児の慰問に、紙芝居や人形劇を持って回った。

大学に入る時に教育のシステムが変わり、六三三四制となって、ぼくらは新制大学の一期生として、卒業が一年繰り上がる。一年先輩は前年の九月に卒業になる。一年の間に三回卒業生がでたから未曾有の就職難が待つ。それこそ卒業式どころではなかった。

本を送る中で

自費出版の本が出来上がり、知り合いに送本する為に知り合いのお嬢さんの手を借りた。二百セットを袋詰めする作業を午後からスタート、夕方頃には詰め終わり郵便局に集荷を依頼した。郵送料は七万近くになった。

これで一段落とホッとしたのも束の間、相手に届き始めてお礼の電話や手紙に振り回され、中にはお祝いを送って下さる方もいて息つく暇もない毎日になる。

二家族から「亡くなって仏前に供えました」と手紙を頂いた。

二度あることは三度あると下世話にいうが、やはりいい気持ちはしない。

何日か経って京都のAさんから手紙が届いた。文の途中から「ところで」とあって、お嬢さんが亡くなったことを淡々と書かれてあった。癌で二年の命を九年半延ばして逝った。逆縁は辛い。すぐ京都に飛んだ。

彼女は京都新聞の優秀な記者だった。癌と分かってからも目は弱者に向き、途上国の為に地球規模で活躍された。亡くなるまでの九年半は、私が一生生きても出来ないくらいの活動量だった。まさに私の本の題名「生ききる」の象徴になった。

お父さんは「頂いた本の題名を見て、娘と和田さんとは相通じるところがあったのでしょうね。私たちの半分の人生しか生きられなかったけれども、娘は悔いなく生ききったでしょう」。

返す言葉が見つからなかった。

時間

追われている。刑事にではない。得体の知れない時間にだ。特に何日までという締め切りのある場合は余計だ。十二月なら年賀状、厄介なのが喪中の知らせである。不思議に宛名を書きつつ元気でいるかなと顔を思い出しながら書き終わると喪中の知らせが入る。このアウンの呼吸が難しいので悩む。

それにしても時間とは何だろう。流れていくものなのか積み重なるものなのか、つかみどころのない時間に振り回されている。

時間を持て余すこともある。出張していて仕事が早く終わることがある。空港や、新幹線の駅までは送ってもらう。便数が多ければ予約の便の前に切り替えられるが、手持ちの便しかない場合、またはあっても満席のこともある。

一方新幹線だと、持っている切符は小田原経由がほとんど、朝晩に何便しかないので切り替えるのは難しい。そこで空港なり駅の待合室で時間をつぶすことになるのだが、大体この時間帯は飲みたくない、食べたくない、本も読みたくないという最悪な時間なのだ。まして地方の空港は山の中、町のはずれとあって街をぶらつくこともできない。当然、新幹線に切り替えるにも駅は遠い。

時間に追われない何をしても許される貴重な時間なはずなのに、その時間を使う気にならない。まったく！

車

自動車の運転を初めてしたのは小学校五年生の時だった。

当時川崎の自宅の前は蒲谷という油屋さん、食用油と共に手回しの機械でガソリンも売っていた。路地を挟んで車の内山修理工場、その前を国道一号線が走っていた。その頃は道の真ん中で寝そべっていても大丈夫なくらい車の数は少なかった。

たまたま修理を終えたトラックの試運転をするから乗らないかと、工員のボスに誘われ、それも助手席ではなくハンドルを握らされた。もちろん足はブレーキやアクセルには届かず工員が操った。

それから十五年経って運転免許を取った。住まいは大森に変わったが、やはり近くに修理工場があり知り合いとなってダットサンを貸してくれ、平気で道路で練習をした。

時代も車社会に入り会社でもダットサンを買って営業や納品に使い始めた。最初に自家用車を買ったのが、車を貸してくれた工場から安く譲ってくれたトヨタのクラウンだった。観音開きといわれたドアで、ボンネットの上で飛び跳ねてもへこまないくらい頑丈な奴だった。

五十年運転をしたが、七十歳を超えたときに免許更新が一年ごとになり、煩わしいのと雨の夜など運転がしづらいことに気がつき、更新をあきらめる。

あっさりと運転をやめたものの、無意識の中では未練が残っているようで、いまだに夢の中で運転をする。それも必ず『無免許運転で大丈夫かな』と心配しながらの運転なのだ。

古美術

一ドル三六〇円の時代に韓国に出かけた。メンバーはいわゆる大衆薬のメーカーで当社にも誘いがあったらしい。

当時の社長に言われてソウルにフライトした。

韓国宮廷料理や焼き肉の毎日だったが観光の記憶はない。三泊四日で自由になるのは中二日くらい。ほとんどの人はカジノに出かけたが、興味が無いので市内をうろうろしていた。

戒厳令が敷かれていたソウルは市内の中心に戦車が置かれ、あたりを睥睨していた。

市内を一人で歩いていた時、一軒の美術店が目についた。店に入り眺めていると「どんなものをお探しですか?」と店員が寄ってきた。一五〇ドルくらいしか交換してこなかった。「白磁の花瓶を」「それなら国宝級の花瓶がありますから社長室へどうぞ」と案内された。

大ぶりで鶴首の形の花瓶が出された。書付もあって一〇〇ドルだという。騙されても見た目は三萬六千円くらいか。まあいいかと大きな箱を抱えてホテルに帰った。周りの人のバッグは海苔や朝鮮人参や洋酒で膨らんでいた。

古美術品は本当に難しい。絵画でも陶器類でもまずは大家の真似から始まる。写生だ。一点の狂いもなく模写をする。自分の描いた絵はまだ売れない。たまたま市場に出した模写の絵に本物の値段がついて売れる。この面白さを味わったら抜け出ることは人情として難しくなる。それに贋作を見抜くのは深く知れば知るほどまた難しくなる。美術の専門家がこの作品の特徴はと解説するとすぐ贋作が出て来る。「古伊万里焼の土は古くは鉄分が含まれていた。だからしばらくすると錆が浮いてくる」と書くとすぐに錆を浮かした鶴首がマーケットに現れる。書でも昔の和紙は今の技術を使うと何枚かにはがせることもできる。これは贋作といえるのだろうか。

商人

「あきんど」ともいう。「商人」というと商売人を想像するが、「あきないをする人」の方が律義さを感じる。

「あの人は商売人だな」は目先の早い金儲けのうまいやつとなるが「あきない」といわれると真面目に働いている姿が浮かぶ。

昔の「あきんど」は三惚れの心構えが大切といわれた。町に惚れる。仕事あるいは品物に惚れる。暖簾に惚れる。またはカミさんに惚れるで三惚れ。

今は金に惚れるだけになってずいぶん時がたつ。

ダイエーが日本で薬の安売りのトップを切った。大阪の小さな小さな店から天下のダイエーになったが、拡張期には同業者からずいぶん恨まれた。ダイエーの手口は街の薬局のすぐ隣に店を出す。安売りだから客を取られてその店はつぶれる。自殺をした人も出た。年寄りが小遣い稼ぎに売っていたチリ紙まで取り上げた。

最後がぶざまに終わったのも当然と思えてしまう。

里山の美しい景観を壊し、若者に媚びるために四千台も入る駐車場を作る会社もある。古い商店街はシャッターを下ろし、年寄りを買物難民にしてはばからない。

三惚れの心構えは失わない方がいい。

日常生活

作文教室に通っている。

春夏秋冬の一日を、あるいはその中のある時間を切り取って八百文字の作品に仕上げられている作品が多い。

それが書けない。いつも旅先のことばかり、そこでやっと私の日常生活は旅なのだということを悟った。十一月など在宅していた日数は三日という有様。藤沢に住んで四十年になるが、いまだに家に帰ったという思いがない。ちょっと立ち寄っただけという感じだ。

なぜかしみじみ考えてみた。たどり着いた一つの結論は父親のＤＮＡのせいだ。父親は引っ越し魔だった。サラリーマンなら勤めている間に何回か転勤の憂き目にあう。引っ越し魔は同じ市内、同じ町内で動く。

横浜の本牧で生まれたが、それまでに何回か引っ越してきたという。四歳になった時、川崎の砂子、京町そして元木町と引越し、元木町で戦災に遭った。何カ所か焼け残った家に間借りをし敗戦。今でいう復興住宅が相模原に何十棟か出来入居した。母親はそこに移転してから間もなく亡くなった。それから何年も経たないうちに都内に引っ越し、川崎の団地に入居でき、私はそこで家庭をもって家を出た。父親の引っ越し癖は少しも変わらず、先祖は牧草を求めて移動するモンゴルの民かと思うように家を移した。今母親のことを考えると大変だったろうと同情する。落ち着く暇もなく人生を終えてしまった。

今一所懸命思い出しているのだが、何処でお葬式を出したのか記憶にない。昔からの檀家だったお寺で戒名を頂いているのだから、きちんと最後は終えたはずだが、思い出せない。

ＤＮＡは今旅に代わり、住家の方は父親と離れてからは何回もない。その分日常を旅にとられて、いまだに東に西にと旅をして終わらない。きっとあの世では地獄と極楽を行き来するのかも。

富士と銀座

自然と人工を同列にしては不謹慎だが、共通して言えるのは、全国の都道府県にどちらもほとんどある。

またどちらにも由緒正しき歴史を持ち、なるほどとうなずける場所があることだ。

山が裾野を引けば何々富士と呼ばれる。讃岐富士、近江富士といった具合に土地の名前を頭に乗せる。

江戸には富士講と富士山信仰の団体が出来、登山できない人々のために、富士山から溶岩の小さな塊を持ち帰り、人工的に山を作った。きちんと一合目の岩、二合目の岩と重ねて、実際に富士山の登山をしてというイメージを作った。実際の都道府県の数より一つ多い。山梨県にある富士急ハイランドの中にミニチュアの富士山があるためだ。

さて近江富士である。滋賀県野洲市にあって、正式には三上山と呼ばれる。麓には御上神社があり、ご神体は天照大神のお孫さんに当たる方をお祀りする。太古の時代、神々が集まって「深い池と高い山を作ろう」と話し合い、池を掘り、その土を駿河に運んで盛り上げ山を作った。

その土は月が出るまでに運ばなければならないという約束事があった。最後のひと山を掘り上げ、駿河の方に運ぼうと持ち上げたとき、東に月が上った。慌てておいたのが三上山になり、掘った跡は琵琶湖になったという。ただそのために富士山の頂上は平らになってしまった。

一方銀座以外で名前をつけることのできた第一号が品川区の戸越銀座である。関東大震災で崩壊した中央区の銀座が、銀座の柳で有名な舗装道路を改修したときに、工事で撤去された煉瓦を戸越商店街が譲り受け、日本一長い商店街通りに敷いたのが縁で、銀座を名乗ることができた。千メートルを超える距離がある。

作文

作文のことを戦前の低学年までは綴り方といった。高峰秀子主演の「綴り方教室」という映画もあった。

この時の指導は日常茶飯事を題材とすることだった。日支事変が始まって一家の大黒柱が戦死をする。一家の働き手が無くなり、子沢山のこともあって貧乏になる。働いても暮らしは楽にならず貧しさがテーマになる。

こんなことから綴り方の先生はわざと貧しさとか、厭戦気分を書かせていると当局からマークされるようになった。

「作文」という言葉は明治五年から使われ、明治三十三年に「綴り方」と改称される。

ある会で、皆で原稿を持ち寄って会報を出そうということになった。

まとめや印刷は共同通信のOBが引き受けてくれた。

記者上がりのためか原稿を送ると、真っ赤に書き直されて返ってきた。

例えば「去る年の七月義母を連れて佐渡に旅した」は「以前夏に義母を連れ

て佐渡に旅したことがある」。

最後の行、「へえ知らなかった。旅には自らの無知にこう呟く事が多い」修正は「へえ知らなかった。旅にはこんな呟きをする事柄が多い」とこんな具合だ。

私にとってはテニヲハを含め随分勉強になったが、大方には不評だった。「外部に発信する訳ではあるまいし」がその理由だった。

何号も出さずに終わった。

文鎮

水道橋駅から神保町に向かう。その中ほどあたりにコンビニがある。その店に沿って右に曲がり一本目を左に入る。ガストと喫茶店が一軒と急に静かな通りに「花家」という料理屋がある。

道から階段を下りると突きあたりに格子戸がある。店に入ると左手に白木の厚手のカウンターが奥まで伸び、右に折れて二人の客席、全部で十席ほど、テーブル席ものれんに隠れて三つほどある。そのカウンターに囲まれた中で親方が包丁をさばく。

壁は板羽目で覆われ、地下にしては天井が高く、食器棚もその板戸に隠れ、今日のおすすめのビラも、花も絵も書も何の飾り気もない。これだけないと食器棚の下にできた料理を置く棚があるのだが、何かがあるとすごく目につく。

その時は隅っこに握りこぶしほどの赤いタコの置物がぽつんと一つだけ置かれていた。捨てるわけにもいかず、しょうがないから置いたといった風情である。「このタコどうしたの?」「お客さんから戴いたんで」「どこのものかな?」

「さあ」と会話は途切れた。

たまたま山形観光のバスツアーに乗った。米沢の「道の駅」にバスは寄った。朝どりの野菜から始まって、地酒やお菓子などたくさんのお土産品が並ぶ中に、例のタコがかたまって置かれていた。

「文鎮」高さ五センチ重さ六〇〇グラム、一二〇〇円、小さいながらずしりと重みが手にくる。宮城県南三陸町の工房で作られていることを知る。

買いたそうな顔をしたのか、連れが「旅の途中だからやめよう」という。

またの機会にと重みの思い出を手のひらに残してバスに戻った。

阿　呆

京都でタクシーに乗った。脇から自転車が飛び出して来て、運ちゃんは急ブレーキを踏む。やおらガラス窓を開ける。「この馬鹿野郎」の声が私の耳の奥に響いたような気がしたが、実際に出た言葉は「アッホ」、力が抜けた。

阿呆はいい。ギスギスしないし言葉に棘が無い。バカ、ばか、馬鹿と、どう書いても気に障る。

馬鹿の反対語は利巧だが、この文字も何となく要領よく抜け目が無いとか、こざかしいイメージがついて回る。

一方、阿呆の反対語は賢いとなり、才知が優れていて尊敬できる感がある。ただ多くの人は「自分を利巧」と思い込んでいて周りをバカと思っているフシがある。たまたまそれを証明する市場調査をしたかのようなテレビのコマーシャルが、だいぶ前になるが流れたことがあった。

家電メーカーが「桃井かおり」を使ったＣＭで、あの特有な物憂い声で「世の中バカばっかじゃありません？」とやった。

さっそく「バカとは何だ。バカとは」と抗議の電話が局に殺到し、一週間も持たずにお蔵入りになってしまった。たくまずして世の中の人は、自称利巧な人が多いというデータが集まった結果になった。

今から二千四百年前、アテネに生まれた古代ギリシャの哲人ソクラテスは、道行く人を誰かれなく掴まえては「自分の無知を自覚し、良く生きよ」と「無知の知」を説いた。利巧と思っている市民に「お前さんはバカなんだよ」と気付かせたのだ。（こんなに簡単に片づけては、哲人に「だから無知なのだ」と言われそうだが）。

つまり人は昔から、自分は利巧なのだと思うような仕組みの中に、生かされていると思わざるを得ない。

同じバカでも「いやーん　馬鹿」なら罪はないし心地よい。

ある日

東海道新幹線に乗り換えるため、在来線から小田原駅で降りた。ホームのエレベーターが上がってくるのを待つ。

脇にキャリーバックを引きずった中年の女性が「これ　エレベーターですよね?」と声をかけてきた。エレベーターを目の前にして聞かれると一瞬返事に困る。オウム返しに「ですよね」としか答えられなかった。

跨線橋を新幹線の改札に向かう間、先ほどの問答が気になったのか頭にこんなことが浮かんだ。

初めての見知らぬ駅に降り立つ。それも大都会ではなく地方の人気の少ない町、駅前の道路、町の家並み、空気までいつもと違う。

やっと見つけた見知らぬ人に「ここはこの世ですよね」と聞いてみたい。相手がどんな顔をするのかは別としてたぶん「ですよね」としか答えは返ってこないだろう。

でも念のためもう一人に訊く。「あのう　ここはこの世ですよね」相手は首を左右に振る「いいえ」「……」。

話は十歳まで遡る。昼休みの校庭で運動場の隅にあった鉄棒に寄りかかって、みんなが思い思いに遊んでいるのをぼんやりと眺めていた。

日差しは秋のようだった気がする。風が吹いて砂埃が小さな渦を巻いて足元を流れていった。

みんな遊ぶことに夢中で誰も気づかない。もしこのままこの世にいなくなっても、この景色は少しも変わらず、同じような毎日が繰り返しているのだろうなと思う。

あの世とこの世の境目はどうなっているのかと不思議で仕方がなかった。

それからも、そして今でもどこかでふいと横町を曲がったらあの世になっていて、でも誰も気づかずに変わりのない毎日を、みんな送っているのではと思うことがある。

小さな砂の渦巻きはなぜか頭の中で今でも時々舞っている。

夭折の画家

滋賀県大津市で三橋節子さんは桃の節句に生まれた。幼い頃の遊び場は父親の勤め先で京都大学付属植物園だった。

好きな草花はバラやボタンなどではなく、名も知れぬ小さな草花だったという。

どの絵もそうだが印象に残ったのは「花折れ峠」、大津から花束を抱えて京都に花を売りに二人の娘が峠を越えて通った。何時もすぐ売り切るのは一人の方で、売れない娘が嫉妬に狂って帰り道で川に突き落とす。その時峠の花たちが一斉に折れて命を救ったという民話で、亡くなる半年前に描かれた。洋画で有名なオフェーリアの図柄であるが、その花たちにほとんど色は塗られてない。却って野の花の画家だった節子の思いが切々と伝わって来る。

同じ京都美大出身で二十九歳の時に五つ下の鈴木靖将氏と結婚、二人の子に恵まれたが五年後に骨のガンで右腕を切断した。右手だったので画を描くことが出来なくなった彼女に鈴木氏に「左手があるではないか」と促されまた画筆をとる。それからは写生に出かけられないので、琵琶湖周辺の民話を題材にした画を描き二年後に残念ながら亡くなられた。

散歩

散歩はいい。読んで字のごとく散らして歩く。辞書にも軽い探索などと書いてある。だから右往左往ならぬ右に行ったり左にふらふらしたり、戻ったり、角を不意に曲がったりと勝手気ままなのが楽しい。

道の行き止まりに酒屋があって珍しい酒に出会ったこともある。それこそ風の足取りに出会うこともある。小道を歩いていると先の方の小枝が揺れて、だんだんその揺れが近づき頬を撫でていく。見えない風が見えるのも散歩のおかげだ。

ある人から言われた。「気をつけないと空き巣に間違えられますよ」。確かに入りやすい家を物色中と間違えられるから注意が肝要だ。キョロキョロしないこと、家の人に出会ったら会釈くらいはすること、着ている物にも注意が必要だろう。

大体キョロキョロしながら歩いているのはリタイアした人、家にいると邪魔だからと追い出された難民の証拠、同情されずに歩くのはやはり大変なのだ。さあ颯爽と歩を進めよう。

II

おつかれさま（たびする）

吉備路

晩秋の吉備路を歩く。岡山から吉備線に乗り三つ目の備前一宮駅で降り、踏切を渡る。

県道の向こうに吉備津彦神社の鳥居が見える。備前とあって大きな狛犬も備前焼だ。参道の左は亀池、右手は鶴池、門をくぐると左右に高さ十一メートルの大石灯籠が聳えている。

崇神天皇の御代、百済からウラという渡来人がこの地方で悪事を働き、吉備津彦が命ぜられて退治することが桃太郎伝説につながった。

卵大のおみくじを求めてから、社の裏手に回るといぬ、さる、きじを従えたお粗末な桃太郎の人形が雨ざらしに立っていた。

雲一つないという陳腐な言葉しか浮かばない秋晴れである。

お隣に建つ吉備津神社までは二キロばかり、県道に沿った吉備路を歩く。自転車道とあって舗装されていて風情がない。でも道はたんぼの中を抜けるので、実った稲を手に触れることもでき、ちょうど稲刈りが始まっていて散歩中の地元の人が「今年の出来は良さそうです」と声をかけてきた。

右手少し離れた所を、一時間一本という吉備線がたまさか走り、平行して国道一八〇号線があって、大型トラックがひきもきらずに飛ばしている。でも騒音は聞こえてこない。

吉備津神社の主神はやはり吉備津彦命で吉備国総鎮守「三備（備前・備中・備後）」の一宮と言われる。となるとわずか二キロの間に守護神が重ねて祀られていることになる。

どちらも大きいお社だが、吉備津彦神社は吉備津彦の屋敷跡、吉備津神社は京都八坂神社に次ぐ大きさで、出雲大社の二倍の広さを誇っている。豊かな土地で、みことを尊ぶ方々が社を守られてこられたのだろう。

吉備津神社の拝殿は国宝に指定されている。鳥居の正面はと言いたいところだが、なぜか左にそれた所に、国道までの松林の参道が続き、左手に駅がある。駅名は吉備津、一宮駅の一つ先で一般の住宅に囲まれ、コスモスが風に揺れている。列車はしばらくこない。

能登へ

左手の親指を曲げると石川県の形になる。外側が日本海で掌側が富山湾、指の付け根、内よりが金沢、指を曲げて出っ張った所は総持寺の総本山総持寺がある所だ。反対側のしわの部分が和倉温泉で、爪の下あたりが朝市と塗り物で有名な輪島になる。

以前は金沢から七尾線が通り、羽咋《はくい》で輪島と和倉温泉に分かれていたが、JRになってからは廃線となってしまった。輪島に行くには金沢からバスに乗るしかない。高速道路を使うから運賃もその分上乗せされる。

たまさかの旅人にとっては、日本海の海岸に沿ってのバス旅行は楽しいが、生活者は大変だろう。

海を眺めながら輪島には二時間ほどで着く。更に宿の迎えの車で十分、又海岸線を北上すると、ねぶた温泉というには旅館が何軒も無い上、土産物の店も無い所に着く。

ねぶたとはあの青森の文化が流れて来たものかと思ったら、野生の傷ついた豚が温泉に入って寝ながら治療をしていたという色気のない返事が返ってきた。湯船の中でしみじみこの太りようはと、豚を連想させないよう、ひらがなで書いてあるのは親心かとふと思う。

今夜の宿は割烹旅館「能登の庄」、街道から入った所がすぐに玄関になる。フロントに上がるとまず一服のお茶が出て、連れは浴衣の柄選びに入る。面白いのはその時の気分で、娘のような柄だったり、年増の渋い柄だったりする。

ここの食事は別に個室をしつらえてくれる。落ち着いたこじんまりとした部屋で、人声もあまり聞こえないのでゆっくり出来る。

朝食も同じ部屋で御馳走が並んでいる。それも土地の野菜、漬物、手作りの塩辛、のどぐろの干物などだ。こうなるとすぐ酒が頭に浮かぶ。だから三拍子そろった小原庄助さんになる。

「身上を潰してもまあいいか」となって朝酒のうまさをしみじみ堪能するのだ。

京都

京都はあの世が近い。比叡山から山並みが続く東山、北山、嵐山と市内は三方が山に囲まれ、東に鴨川、西に桂川が流れている。

市内で亡くなると昔は川を越えて遺体を葬るのだが、東が多く、鴨川を越え六原のお寺で待つ隠亡に引き継がれ、東山の麓に埋葬される。

お寺の名前は六道珍皇寺、死者を鳥辺野へ葬送する際の野辺送りの、六道の辻と呼ばれていた場所で、この世とあの世の境であった。この寺にはあの世、つまり冥府へ通う為に用いた井戸も残っている。小野篁が昼は桓武天皇に、夜は閻魔大王に仕えた。以前は嵐山の方のお寺の井戸が帰り道だったが、最近珍皇寺がとなりの地所を買ったところ井戸があって、ここを帰りの井戸にしてしまった。

周りの人が「あなたは実際に閻魔を見ているのだから、ぜひ閻魔大王のお姿を作って欲しい」といわれて作られたという閻魔大王の像が飾ってあるが、これが我々の知っているお姿で笑ってしまう。

さてこのお寺の近くに有名な飴屋がある。

「慶長四年（一五九九年）京都の江村氏、妻を葬りて後数日を経て土中に幼児の泣き声あり。掘り返してみれば亡くなりたる妻の生みたる児なり。其の当時夜な夜な飴を買いに来る婦人なりて、幼児掘り起こされたる後は来たらざるなりと。然ればこの家に売れる飴を誰言うとなく『幽霊子育ての飴』と唱え現在に至る」。

「みなとや幽霊子育て飴本舗」の由来にある。この子のお母さんが珍皇寺に運ばれ、東山に埋められたが、子供は救われてお寺に引き取られた。後に立派な上人になられ、六八歳で還御されている実在の人物の話である。

この店創業五百年、赤子の話は四百年前のこと、横町を曲がればすぐあの世である。

旅の残照

四国は昔の国の名称の方がお国柄を何となく彷彿させる。

阿波、讃岐、伊予そして土佐。四国四県と簡単にくるが、土佐では禁句だ。あとの三県はどちらかといえば瀬戸内海に沿ってあり、太平洋に向くのは土佐で、四国山脈にさえぎられて孤立している。

阿波からは大歩危小歩危の険しい山道を、伊予からも砥部を抜ける道で、大雨で山崩れに遭ったらすぐ通行止になる。その時、土佐の人は九州や和歌山から支援物資が船で運ばれ、だから三県に助けられた記憶がない。

そこで土佐に行ったら、四国三県と高知といわなければならない。

阿波は狸が支配しているから、全国でもここだけお稲荷さんが無い。

聞いた話、阿波の人が道で千円拾うと、郵便局に行って貯金する。お酒飲みは少ない。でも最近スダチ焼酎が出来た。

讃岐は本土から何ヵ所かの橋が通じるまでは、連絡船の発着場があり都会人の自負がある。千円拾うと懐から千円出して貯金をする。やはり酒はあまり飲まない。

伊予は漱石の坊ちゃんのバンカラと俳句の国でもある。また市内に道後温泉があるので酒が売れる。だから千円拾うとその分、酒になる。

さて南国土佐「お酒飲まれますか?」「少々」升々と取られ、二升の大酒飲みになる。千円拾うと財布から千円足して酒にする。ただ地元の酒「土佐鶴」「司牡丹」「酔鯨」などはさっぱりとしていてすいすいといける。豪快な大皿に活き造り、焼き物、煮物に甘いものまでものせた皿鉢料理を前に、それでもコップ酒などという野暮なことはしないで、盃でちびりちびりと夜を楽しむのだ。

その位だから日本一キープボトルを置いてある店があった。今は店自体も小さくしたが、以前は四千本までキープでき、高知だけにお酒の一升瓶も百本ばかり棚を飾っていた。ボトルに掛けるのは名札でなくカラーの顔写真、キープするのもキャンセル待ちだった。

祇園祭

コンコンチキチコンチキチ、七月の暑い京都が祇園祭のお囃子でさらに一段と暑くなる。

悪疫を鎮めるために、一一四二年前に始められたのがこの祭りという程度の知識しかなかったが、その年に今回の東日本大震災同様の大地震と津波が東北を襲い、疫病が流行していたと知る。

六六基で始まったこの祭りは、戦禍やたびたびの大火に逢ってきたが、絶えることなく大船鉾も復活して、三三基にまで戻り、町衆の力で続けられてきた。よその祭りと違って一ヶ月間京都の街は祭り一色になる。今年から昔に戻って前祭、後祭に分かれて巡行することになった。おもしろいのは後祭に露店が禁止になることだ。

七月一日に八坂神社からご神体が神輿で降りて来て、山鉾巡行が終わって帰られるまで神社に神様はいない。

それにしてもこのご加護にあやかろうというのか、十七日と二十六日の巡行前、宵々山から前日の宵山にまで集まる人々の熱気は半端ではなく、京都の夜をさらに暑くする。一方通行でしか歩くことができないが、夫々の町内に提灯を灯した山や鉾を見て歩く。

三年続けて祇園祭に出かけ、宵山の身動きもできない雑踏に身を任せていたとき、この祭りは市を挙げての大イベントと思っていた。

四年目になるとややゆとりをもって見回せるようになってきた。あたりを見回すといくつか気のつくところがある。

先ずは新幹線を降りる。京都駅構内に祇園祭の気配はなにもない。ポスターも貼ってなければ、山や鉾の模型も無い。駒形の提灯一つぶら下がっていない。かすかにどこからかコンコンチキチキチのお囃子が聞こえてくるだけだ。正面改札口の上に今年の巡行順序を示す提灯がぶら下がるだけで、別に解説があるわけでもないし地味なので気がつく人は少ない。

仙台の七夕祭りでは駅構内からあの大きい七夕飾りが迎えるし、近辺のホテルのロビーも大きな飾りが天井からぶら下がる。

それは山や鉾を飾る通りから、少し外れれば「祭りは何処でやっている?」の気配に通じる。確かに山鉾を飾ってある通りは烏丸通り、室町通り、新町通りに集中していることからも気づかされる。

そこは代々裕福な町衆が住まっている所、東山あたりで一献傾けていると、静けさの中にコンコンチキチが頭の中を流れる。

飛騨

飛騨は真冬の入り口にいた。初雪はもう降ったがまだ積もらない。でも風は兎に角冷たい。昼間は八度、明日の朝はマイナスになる予報だ。

飛騨といっても高山の話をしている。ここの春秋のお祭りは有名だ。

春は高山城下町の南半分の氏神様日枝神社の例祭で十二台の屋台が引きまわされる。秋は北半分の氏神様で屋台は十一台ある。

ある年、高山から二十分ほど特急で北に上がった古川市が、近辺の町村を合併して飛騨市を名乗ってしまった。仲が悪い上に余計仲が悪くなっている。

さて高山で気になる所がある。東大が帝国大学といわれている時代に、教授だった福来氏の記念館があるのだ。市の南部高山城址の丘に建てられて、その業績を今に伝えている。

彼は念写の研究に凝り教授の椅子を追われた。未感光のフイルムに念を送ると、その思った文字や形がフイルムに焼きつけられる人がいるということでインチキと大分叩かれた。後になって欧米でもそのような事例があると認識され、故郷で復権を果たしたという訳だ。

記念館には月の裏側を念写したものもある。当時はだれも見たことが無いので、真偽のほどは不明だったが、ソビエト連邦時代のスプートニクが月の裏側を回り撮影したものと同じだったので、こうした能力を認めざるを得ない。

郡山

福島県は東西に長い。東の太平洋側は浜通り、郡山市や福島市のある中通り、そして西が会津盆地。此の長い東西を結ぶアクセスは郡山から発着する磐越東線と磐越西線しかない。だから県全体での集まりは冗談ながら東京が一番早くて楽と言う。今はゆうゆうあぶくまラインとか森と水とロマンの鉄道が走る。

東はいわき市まで大きな街はなく、西も会津若松と蔵の町喜多方くらい。この汽車途中停車が長く止まる。改札を出てコンビニで買物が出来る。

言えば埼玉県も東西にアクセスがない。何事も中央へ中央へという意識を、県も当時の国鉄も抱えていた思いが、結果として県民に不便を強いたのだろう。

郡山には強烈な思い出がある。

四十年も昔のことだ。旧家の薬局さんと取引をしていた頃の話だ。店と住まいで表の通りからウラ通りまで土地は続いていた。古い屋敷なので住まいを郊外に建てた。お仲間に家相を見る人がいて、その人の言われるままに新築した。

お祝いに伺った。何と南側は台所に小さな窓がついているだけだ。飲み始めてしばらく誰かに見られている気がして、天井を見上げると、欄間のある部屋の四隅に小さな横長の穴としか言いようのないものが見えた。部屋の空気を循環するようにと開けた穴だそうだ。それから異変が始まる。住まいが変わって半年、店主の奥さんのお母さんが亡くなった。それから八カ月、一周忌を待たずに奥様が手遅れであっけなく他界される。お母さんが寂しいので呼んだと噂された。

二度あることは三度あるとよくいうが、また一周忌の来る前にご主人が亡くなる。子供は男の子二人、兄は東京の薬科大学に進み、薬剤師になって東京の知り合いの店で修業をした。弟は福島医大に進み付属病院に勤務し福島に住まう。

兄は急きょ実家に戻るが、またここで訳知りの人が現れ、古参の女店員を辞めさせてしまう。高校を出てから時間が経ち店のお客に顔なじみが無い。間もなく店は人手に渡った。

酒田

「本間様には及びも無いが、せめてなりたや殿様に」、本間様は酒田の豪商、殿様は鶴岡、江戸時代の酒田港は庄内米や紅花を積み出す港として本間家が活躍した。

酒田の最高の思い出は何といっても、生き仏様を拝んだことだろう。全国に六体が現存し、そのうち二体が酒田に祀られている。

生き仏様とは文字通り生きたまま成仏することだ。十日間穀物を絶ち、あとは水だけを飲んで胃腸を綺麗にしたあと、松で作られた箱に座禅の形で入り土の中に埋められる。箱から竹筒を地上に出してそこに耳を寄せて読経の声を聞き、聞こえなくなってから三十日後に掘り出して袈裟を着せ祀る。飢饉や疫病が流行するたびにこうした人身御供は続けられた。こうした思いが近代まで生きていたという重さを感じさせる。ただ志願者がない時や、お棺の中で暴れて仏様の形にならなかった時には無理やり作られたという。その場合は縄で体を縛って仏の形を作り、寺の梁に吊るしたという。

このような例はほかにもある。和歌山の新宮や大地から小舟で南に向けて修行中のお坊さんを乗せて送り出す。海の向こうに補陀落か蓬莱山があるので修行をして来いと、食べ物や飲み水を積んで送り出す。やはり人の子、拒んだ場合は船に括り付けて送り出された。

生き仏が綺麗な袈裟を着せられて御仏壇に祀られている。着せられている袈裟が美しいのは毎年暮れに新しい袈裟に着替えさせ、古い袈裟は細かく切ってお守りにして分けるからである。

しかしこんな思いをして生き仏になっても、士農工商の差が歴然としてある。入れられているお厨子ではっきりわかる。黒塗りのお粗末な方は農家の出、一方は金の飾りのついた立派な仏壇で侍の出、仏一体の前で考えさせられた。

修善寺

修善寺温泉はすっかりローカルになった。戦前は温泉旅行と言えば三島から伊豆箱根鉄道に乗り換え長岡か修善寺に出かけた。熱海、伊東はサラリーマンがよく出かけた。戦後はそれが会社ぐるみの慰安旅行として支え続ける。鉄筋コンクリートならぬ借金コンクリートで、古い旅館の多くはビルの旅館になる。宴会場の広間は百人二百人とお膳が並ぶ。

一方修善寺は鉄道を乗り換えなくてはならず敬遠された。しかしバブルがはじけ会社持ちの団体は減り家族旅行に変わる。こぢんまりとした落ち着ける温泉としてまた光を浴びることになる。

町の中心にある古刹は修禅寺、弘法大師空海が開いたとされる。禅と善どちらが先か尋ねたり文献を読んだりしたがよくわからない。

市内を流れる狩野川に合流する桂川で、病父の体を洗っている少年に諸国行脚中の大師が心を打たれ、水では冷たかろうと仏具の独鈷で、川の岩を刺して温泉を涌きださせた。此の話から推察すると、その後寺を開いたと考えるのが妥当と思われる。

今日の泊りは「鬼の栖」。伊豆半島と鬼はピンとこなかったが、この鬼は鬼才の意味だった。石亭グループの始まり、文京区の旅館に、瀬戸内晴美など当時の文人鬼才達が集うていた。鬼才の住家と言われ、それから修善寺に会員制の宿を建てそこを「鬼の栖」とした次第。

囲碁の名人戦によく使われる。離ればかりの建物のうえ、道から少し入るので車の音も聞こえないのが使われる大きな理由だ。

テレビの中継で名人戦の様子を目にしたが、カメラは何処からと思うような狭さだ。宿の人に聞くとやはり庭から撮るという。

いずれにしても善と禅、読み方は同じでも文字の違うのがややこしい。

彦根騒動

彦根の夜は凍る寒さだった。三人で肉料理「沙斗羅」へ。マダムは「シャトラ」に合わせた文字を探したらしいが、「皆さんサトラと読まれる方が多くて」とぼやいていた。前菜は紙鍋のしゃぶしゃぶから始まる。前菜だから量は少ない。

近江牛、牡蠣、カニの脚一本、鰤に野菜といったところ。小振りの紙鍋なので豪快にだしが煮えたぎっていないが、鰤はすぐ色が変わる。牡蠣はおそらく加熱用だと思いしばらく泳がせておいた。茄子とチーズの串焼き、つくねがワインに合う。

翌日帰宅、その翌朝早く一緒だった人から「明け方から吐いて下痢して大変だったけれどもあなたは大丈夫？」と電話が入った。続けてもう一人から洗面器を抱えて大変だったと電話が入る。

私はそれから市川に出かけ、夕食を大船の「つばめ」で取ったが、ビールもまずくその上胃が重く食べ残した。

牡蠣のノロウイルスではとまた彦根から電話が入った。「沙斗羅」のママからもお詫びの電話が入った。恐縮一筋だった。その日ほかに牡蠣を食べた人はいなかったとのこと。店も運が良かった。あと何人かその症状が出たら新聞沙汰にはなるし、営業停止も何日かくらうだろう。

紙鍋はよそのテーブルでも出ていたから、牡蠣はサービスだったのかもしれない。とんだサービスになってしまったことになる。大事に至らずよかった。

屋根

京都の「着倒れ」、大阪の「食い倒れ」そして奈良は「根倒れ」というのだとタクシーの運ちゃんに聞いた。奈良にはもう一つ「寝倒れ」という言葉もある由。

奈良は古代の歴史の宝庫で、古いお寺も多く観光客が後を絶たない。そこで寝ていても食べられると働かない。そうこうするうちに家が傾くという寸法だ。一方の根倒れは現地に行けばわかる。飛鳥や斑鳩の畑の道を歩いていると、大きなお屋敷が目に入る。垣根や塀もなく、したがって庭のしつらえもないところに、大きな家がどしんと建つ。そのうえ屋根が直線ではなくお金のかかる膨らませた曲線の屋根の形なのだ。たまたま玄関が開いて野良着姿のおばあさんが現れたのにはびっくりした。隣が大きい屋根の家を建てれば、争って負けじと建てているように感じる。

瓦については奈良が日本最古に使われたとある。五八八年、百済から瓦博士が来日、その時の瓦が奈良市の元興寺の屋根に残っていることも根倒れの言葉がうなずける。

概して西日本はいい瓦を使う。その上近所が瓦の色を揃える。岡山の旭川に沿って北上するあたりの屋根は美しい。釉薬をかけ黒光りの瓦を造ったり、イタリアを思わせる橙色の瓦を載せる島根など枚挙にいとまがない。

面白いのが江戸に近い神奈川だ。特に東海道筋はみなトタン屋根だ。ナマコ板ともいう。波を打っている屋根で、ブリキのおもちゃのような鬼瓦もちゃんと載せる。今ひとつ面白いのは道沿いの家に縁側を作っていない。ちょっと一服を旅人にさせないような造りにしてあるのは、何か理由があるのだろうか。

路地を入る

「旅は横町に曲がった時から始まる」

至言である。表通りはお化粧をしたよそ行きの顔、裏に回れば猫が迎える。下着が干してある。日常生活の空気が流れているのだ。

それはその通りなのだが、外国では国によってそうはいかないところがある。理由は簡単、物騒極まりないのだ。ウイーンで、パリで、マドリードで添乗員から口うるさく「裏通りは一人で歩かないで下さい」と念を押される。マドリードでは表通りの交差点で添乗員が抱えていたセカンドバッグを盗られたというから笑えない。

そのマドリードで三越の店内を回っていた時に、シエスタの時間になってしまった。三越は日本のデパートだからと甘く考えていた。一時半から五時くらいまで店が閉まり、三越も郷に入らばだった。ホテルに戻るのも面倒くさいので喫茶店で時間をつぶそうと表通りに出た。当たり前ながらどの店もシャッターを下ろしお昼寝の真っ最中だった。

裏通りに回ったら開いている店があった。コーヒーを頼んで一口飲んだばかりなのに辺りを見回したら、一人もいなかった店の中にジプシーらしき男達が十人ほど、話すでもなくコーヒーを飲むでもなく立っている。

幸いなことに前払いの店だったから、逃げても飲み逃げにはならない。でもまだ飲みだしたばかり、置いて逃げるのも悔しい。相手の動きを視野に入れながらのんびり飲んでいることにし、さっと表通りに逃げようと話し合った。飲み終わった途端スッと店を出た。

楽しみの裏通りは衛星放送の「ヨーロッパ路地裏紀行」や「大人のヨーロッパ街歩き」で歩くしかない。

絵馬

京都出町柳から叡電鞍馬線で鞍馬駅の一つ手前が貴船口駅になる。さらにバスで貴船川沿いに山懐に入る。

水の神様貴船神社、農業の豊作を願い、雨が続けば晴れを祈願して白か赤色の馬を、晴天続きになれば雨乞いの為に黒馬を宮廷が奉納した。

何年か天候不良が続いて宮廷も手元不如意に陥り、畳一畳ほどの大きさの板に馬の絵を描いて代わりとしたのが絵馬の始まりという。生きた馬から木馬、土偶、紙の馬を経て絵にかいたといわれ、一気に現在の絵馬の形になった。

今は馬以外の絵がほとんどで、馬の代わりの絵馬という意味が薄くなった。願掛けでも高校大学の合格祈願が目につくのは、菅原道真を祀る天満宮だろう。商売繁盛、恋愛成就、方除け祈願と願いごとによってそれぞれ得意分野があるはずで、絵馬の絵もいろいろになるはずである。

古い絵馬は畳一畳の大きさで実物大に近い。その願い事を見ても、人の思いがいつの時代も変わらないことを知らされる。

願いごとの筆頭はやはり合格祈願が多い。天神様などは奉納の絵馬の数も半端ではなく大変な数が重ねて奉納され、最初にくくりつけた絵馬は深く埋まってしまっている。これでは神様の目こぼしに会う恐れがあると思っても不思議ではない。だからあまり人の知らない社を探すのも当然といえよう。その一つを京都建仁寺の境内で目にした。

お寺の南勅使門を入った右手にひっそりと佇む神社だ。小さな鳥居、社というより祠である。楽天大明神、知る人ぞ知る神社なのか、合格祈願の絵馬がいっぱい奉納されている。絵馬は寺の本堂でお求め下さいとある。

描かれているのは風神、そのためパイロットや航空大学の合格祈願がほとんどだった。

はるばる旅に出たものの

「はるばる来たぜ　函館へ」と北島三郎は唸る。

今でこそ羽田からフライトすれば、函館まで一時間二十分で着く。はるばる感は実感しにくい。しかし国鉄時代は、上野から夜行列車に乗り、朝早く青森に着き、寝ぼけ眼で大きな荷物を抱えて、青函連絡船へ長いホームを走る。どらの音を聞きながらまた一眠り、函館の土地に足をつければ、はるばる感はいや増す。

この時代、土地続きでない所の北海道を含め四国九州は海を渡る。高松のホテルで連絡船のむせび泣くような霧笛の音を耳にすれば、だれもがホームシックになる。

四国に転勤した友達が「この音を聞いても東京に帰りたいと思わなくなるのに何年もかかった」と呟いた声を忘れない。彼は定年前にその地で亡くなった。

今ほとんどの地方に空港はあるが、はるばる感が市内から空港までの距離なのが皮肉だ。

先月久しぶりにこのはるばる感に浸った。

行く先は島根県の浜田という人口五万人の町、石見より出雲空港が近い。その時は広島から車で中国山脈を越えた。「のぞみ」で広島まで四時間、そこから二時間以上かかった。汽車だと十一時間以上かかる。坂の町で坂の上には大きな病院が二か所あるが、ほかに大きなビルが無いのでやたら目につく。

駅の待合室で市内の案内を貰う。A４の三頁のもの、所変われば品変わるの諺を久しぶりに思い出した。発行元は市の観光課が普通だが、ここは観光交流課という。浜田で企業などが社員研修のために合宿を計画すると、最低十人以上を集めれば一人につき千五百円が、三十万円を限度に市から補助金を出してくれる。パンフはおやじギャグしきりで、どんちっち三魚（アジ・ノドグロ・カレイ）を召し上がれ、いいよ（一四〇〇）浜田、二倍いいよ（二八〇〇）浜田、ときた。スイーツはどぶろくまんじゅう、ぴいぴいサブレ、酒の銘柄はノドグロ、ノドグロを肴にノドグロを呑めってか。

静岡県

静岡県は富士川と大井川で三分割される。橋が無くて渡し船で渡った頃は、当然人の行き来が少なく、それぞれに固有の風土が出来上がる。東は沼津から伊豆半島、中央が静岡市で、西が浜松中心、気質がずいぶん違う。

東の沼津は東京横浜と大都会に近い分、住民は地方都市に住んでいるとは思っていないが、やはり箱根が障壁になる。失火と戦時中の焼夷弾による火災を含め、大火に三回見舞われた。いつも運悪く海岸の方から火の手が上がった。西風にあおられ全焼の憂き目にあう。丹那トンネルが開通するまでは、国鉄は国府津から山北、御殿場を抜ける御殿場線を作るが、その終着駅で三島と争った。三島は背景に伊豆長岡や修善寺といった温泉街を抱えているから、のんびりと招致には及び腰だった。新幹線が出来たとき、三島は今度こそと町を挙げて駅を三島に誘致した。このあたりから沼津は過疎化していき、駅前の西武デパートも刀折れ矢尽きて閉店する。

静岡は気候が温暖でのんびり暮らせる。冬もオーバーなしで過ごせる。海の幸、山の幸に恵まれ、何かやろうとハッパをかけても「ヤメマイカ」とくる。のんびりと歩くから下駄の歯は後ろから減る。家康が駿府に城を建てて住んだ気持ちが分かる。

浜松の人の目は関西に向いている。昔大雨で大井川が増水したときは何日も足止めを食う。「越すに越されぬ大井川」の言葉を残した。それに西風が強く吹くので冬はオーバーを着ないと震える。またそれだけ強い風なので、男の子の三歳の祝いには二十畳ほどの大凧を上げる。揚げるのにはたくさんの男衆の手がいるから、親は男の子が生まれるとすぐに積み立てを始めてその費用を準備する。

さて浜松でハッパをかけるとしよう。

「ヤルマイカ」やってやろうじゃないかと返ってくる。せかせか歩くから下駄の歯は前から減る。

火縄銃

世の中の変化によって、市場の表通りから消えていく職業がある。下駄屋や男性向けの帽子屋などもその一例だろう。明治天皇が自ら洋服を着ることによって、男性の和服は一気に消えていった。当然男物の下駄の需要はなくなり、続いて戦後の男性は帽子をかぶらなくなった。

火縄銃もその一つ。天文十二年（一五四三）種子島に漂着した中国船にポルトガル人が三人乗っていた。彼らは二挺の火縄銃を所持、その火器の威力に驚いた当主は早速これを買い取り数十挺の鉄砲を完成させた。

そのうち一挺が京都の足利将軍に献上され、翌年、現在の長浜国友で作られ始める。なんとその六年後には信長から五百挺の注文が国友に来た。往時七十軒の鍛冶屋と五百人を超す職人が銃に関わっていたという。

♪刀はうたねど大鎌小鎌　馬鍬に作鍬　鋤よ鉈よ♪と「村の鍛冶屋（文部省唱歌三番）の歌が口について出る静かな村のたたずまいではあったが、伊吹山を望むこの地は、国友といえば刀鍛冶の別称でもあった。その技術を生かして火縄銃に取り組めたのだろう。面白いのは材料の鉄が近江にはないことだ。遠く播磨や伯耆《ほうき》から鉱石が運ばれた。

ちなみに、一挺の火縄銃（国友では鉄炮という文字を使う）を作るのに、銃身を作る「鍛冶師」、銃床を作る「台師」、引き金や火ばさみ部分を作る「金具師」が一挺の火縄銃を作り上げた。実物は「国友鉄砲の里資料館」で見てされる。

世の中が平和になってこうした軍需品は必要がなくなり、多くの職人は金工細工などに転身したものの、今は歴史の中に静かに沈んでいる。

ついでに言えば以前琵琶湖の周囲には八十を超す造り酒屋を数えたが、今は二十八軒を残すのみとなった。中には下請けに甘んじている酒屋もある。

せめて今宵はその残って奮闘している酒蔵のために日本酒で乾杯しよう。

夜の釧路

「釧路に行く」と言ったら『炉端がいいよ』と札幌の友人に言われた。それから何年か雪の釧路、霧の釧路に通った。釧路の雪は軽く風に舞って動く。積もる感覚とは違う。逆に釧路の霧は重いと言おうか地面に這うように流れる。ちょうど舞台のスモッグのように足元を流れる。夜の街灯に照らされて長いコートの男女が舞う雪をまといつつ歩いてくると、まるで白黒の洋画を見ているようだ。

ホテルを出て飲み屋街に行き「炉端」を探す。なんと道端の小料理屋の看板にはみんな「炉端　音別」とか「炉端　トマム」となっているではないか。「炉端」とは店の固有名詞ではなかったのだ。炉があって魚を焼いて酒の肴に出すという意味だった。

目の前の「音別」の障子戸を開けて雪と一緒に店に入ると眼鏡が一瞬曇った。大きな炉をカウンターがコの字に囲む。十五、六人は座れる。正面にオババがどっかと座り、カウンターの上にある大皿から、客の注文の魚を取って串に刺し炭火の周りに立てて焼く。

酒は茶道に使うような鉄の茶釜を火のそばに置いて温め、茶杓で小ぶりの茶碗に汲んで出す。オババは長年焼き専門だったようで、煙が顔にあたり燻製のような色になっている。客が酒を頼むと、ついでに自分の茶碗にも酒を入れて飲む。その手つきが鮮やかで、「酒」と声がかかるとつい手元に目がいってしまう。

氷下魚（こまい）というういかにも北海道らしい名前にひかれて焼きを頼んだ。イワシの干物大で鱈科に属する。因みにアユの稚魚を氷魚（ひうお）と呼ぶことをついでに知った。

帰りの釧路空港の土産店で袋入りを売っていたので、昨夜の味が忘れられずに求めた。

帰宅して早速あぶって酒の肴にした。

あの時の味が無い。格子戸を開けて人が出入りするたびに、一緒に舞い込む雪の風情と、客の北海道訛りの会話も肴になっていたことに気づいた。

夜の益田

島根県にいる。

広島県を顔に見立てると、島根県は頭にかぶったベレー帽だ。ついでにいうと隣の岡山県のベレー帽は鳥取県になる。

世界一の借景で有名な足立美術館がある安来市、また山陰の小京都といわれる津和野も島根県ギリギリに位置する。県の人口は約八十万人、益田市は周辺の町村を合併して五万に欠ける。静かな町だ。ラッシュ時の駅の改札を見ていても、人が吐き出されてくるようなことはない。ひと群れが動く程度だ。

駅前の益田グリーンホテルモーリスから益田駅前通りを渡ると、セブンイレブンの大きな駐車場のわき道に呑み屋街がある。といっても何軒も並んであるという訳ではない。

今夜はその中の「たんぼ」という店に入る。焼酎がよく揃っている。主人が好きだからというだけだ。なんといっても日本海が近いから、魚が向こうから泳いできて皿にのっている感じで、何を食べても歯ごたえも十分で、新鮮そのものだ。

二軒目は店を出て何軒か先の小道を横切った角のバーだ。店名は「二〇一四」訳ありに思うが番地そのもの、何かのんびりした気分になる。つまみが面白い。マスターが買ってきた乾き物を袋から開けて大きめな袋に投げ込む。柿の種、ピーナッツ、ゼリービーンズ、キスチョコから金平糖までを入れて、袋をゆすって混ぜ合わせる。甘辛が揃って意地汚い呑兵衛には口当たりがいい。

シングルモルトのボーモアの樽のミニチュアがカウンターに置いてあるのには驚いた。なかなか普通では手に入らない代物と他のバーで聞いた。

一人でやっているのでカウンターしかない。三人の女性が白い割烹着を着たままの姿でカクテルを傾けていた。町はバーが少ないのかいつも満員で、予約を取らないと立って呑むはめになる。

昼の名古屋

名古屋人はいじけている。西を向けば着倒れの京都に食い倒れの大阪、東は首都東京、だから間をとって中京とした。そして「尾張名古屋は城でもつ」と宣伝した。でも平城なのでビルの中に埋没してしまった。家康が子供の義直の居城として建てたが、金のしゃちほこが売りで姫路城や彦根城のような城本体からくる美しさが無い。

その上、是といった観光場所が無い。休日に市内で車を走らせているとよくわかる。右を見ても左を見ても名古屋ナンバーか小牧ナンバーばかり、京都と比べては悪いが京都は全国のナンバーが走っている。これは大きな違いだ。

そのせいもあってか意外と排他的だ。新聞は中日新聞がほとんど、読売、朝日などの購読者は少ない。野球は中日、負けた翌日は仕事にならない。お相手が落ち込んで話にならないのだ。

土産物を見ても名古屋は質より量といった感じがする。ういろうは名物だが買って帰ったことはない。そのういろうをとってみても、歴史があるのに売り手に自負が無い。最近は客にいわれたのか一口の大きさのものが売られだした。京都では店の売り子さんが店の商品について愛着を持ってシャカリキに説明をする。だが名古屋に来て歴史あるお菓子をと聞いても何も出てこない。

またこの土産物の重さはついこの間まであった嫁入り道具の多さにもつながるような気がする。

名古屋で娘三人を持つと破産するといわれた。知り合いの御嬢さんが結婚することになり嫁入り道具を庭に面した廊下に飾りお披露目をする。たんすの引き出しも全部開けて見せる。何しろ婿さんはパンツ一枚はいて待っていればよかった。下着からワイシャツ、背広に靴下から革靴、はては車に将来子供が出来たときの乳母車から三輪車まで嫁側が用意をするのだ。そして吉日にこれをトラックに積んで都大路を走らせなければならない。

しかし現在の名古屋は、どうだ。トヨタをはじめとして、現在工業生産は全国第一位、農業生産も濃尾平野を控えて上位を占めている。コーヒーで有名な喫茶店コメダも最近東京に進出してきた。自信をもっていい。

夜の名古屋

名古屋の夜は栄だ。と言ってもそれは昔の話だ。最近は駅の改札を出て左右の入り口から高島屋に入れば、十一階のレストラン街で和洋中すべての用が足りる。

鰻の「竹葉亭」は、「たれは江戸前にしますか？　名古屋にしますか？」とテーブルに書いてある。名古屋の人は甘いのがお好きのようだ。運が良ければうなぎの肝焼きで一杯呑める。因みに京都で鰻屋を探しているがまだ見つからない。

長いものは鱧か穴子になる。また大阪に入るとかば焼きはご飯の上ではなく、ごはんの間にウナギが入って「まむし」という名前になる。

ビールは新橋にある「カンカル」の支店がある。ここはベルギーのビールの銘柄がほとんど揃っている。その上夫々のメーカーが作った個性あるグラスで呑めるのがいい。グラスの形は変わっていて、カクテルグラスのような足がついていて、ビールを入れる部分は平たくなっている。

初めて呑んだとき、バカに酔いが早いと思ってレッテルの度数を改めてみた。最低でも九度から十三度、十四度とあって、日本のビールのようにごくごくとやってはいけないことに気づいた。つまみにムール貝のワイン蒸しがあるが、やせて貧相だ。

お寿司だったら交差点を横切ってトヨタビルの四階「すし清」に行けばいい。

さて昔の話だ。栄の国際ホテルと明治屋の間を入り、一本裏手の路地を入る。角がタバコ屋で、周りは黒い洋服に蝶ネクタイのお兄さんが立っている。バーの客引きでちょっと引いてしまう。無視して一軒の小料理屋に入る。店の名前は「出雲」という。島根出身のご夫婦が切り盛りをしていたが、オヤジは還暦を迎えてさっさと引退し、息子が後を継いだ。真面目にくそがつくような息子だった。一つの例だが、生シラスを出すときに大きさを整えるために、合わないシラスを箸でつまみ出すというような料理をしていた。そんな息子を案じてか、母親がお目つけ役で残っていた。

久しぶりにのぞいたら更地になっていた。都市計画のために移転せざるをえなかったようだ。移転先を近所で聞いてみたが、結局わからずじまいだった。

黒川能

「山形新幹線つばさ」で山形に出かける。どこらあたりからか、車窓に雨が銀色の線を描き始めていた。新幹線山形駅から山交バスの観光バス四台に分乗した。観光は一緒だがそれぞれ宿泊先が異なるため、満員に近いバスもあれば空《す》き空《す》きのもある。しばらくすると右奥に立石寺、通称山寺の山を見ながら高速道路に入る。途中いったん地道に下りて六十里街道、再び高速に乗って黒川村に入った。春日大社は雨の中にあった。雨のせいか蝉の声はなく、入口の蓮池からは蛙の大合唱が迎えてくれる。

黒川能はこの春日神社に奉納する決められたお祭りの日に演じられるものだが、現在は依頼によっていつでも公演する。お客は正面と上手に約八十人が分かれて座る。

能役者は囃子方を含め氏子の二百四十戸が上座と下座に分かれ運営をする。

世阿弥の猿楽能の流れを汲んではいるが、観世や金春など五流に属さず独自の伝承を続けてきた。村の人たちが演じるわけだから、正直今の今まで畑の草取りをしていた感じの、日に焼けたメンバーが並ぶ。

Ⅲ

おいしい（たべる　のむ）

活き作り

辞書には生け作りとあり、生き作り或いは活き作りともいうとある。生きのいいタイやカレイの刺身を、もとの骨の上に載せて出す料理を言った。確かに以前は寿司屋でエビのおどりを口にする位しかお目に掛からなかったが、生簀や活きたまま魚を運べる車の改良もあって、近海の魚は生きたまま食べられるようになった。

料理の工夫もされて内臓をはずさないと、口を動かし鰭をふるわせる。冥福を祈って末期の酒を口に注ぐと、何時までも動きを止めない。

イカもタコも対象になった。

イカは生簀に入れるとパニック状態になって、猛スピードで壁に激突してしまうのだそうで、商品化するのに時間がかかった。感動はするけれど函館の朝市でのイカソーメンの方が美味だと思った。

タコは大阪で初めて出会った。刺身の端に箸を付けたら、そこから皿全体がさざ波のようにうねってびっくりした。

あまりお目にかからないのは下ごしらえに手間がかかり過ぎるからとのことだった。

なにしろ海の中で岩にしがみついているので、吸盤の中に砂やごみが吸着しているのを一つずつハブラシで取るのだが、何せ生きてうごめく足を捕まえての作業の上、取り損なってお客さんががりっとやっても大変と敬遠された。

長崎の夜、クロダイの活き作りで一杯やった。

大きな尾頭付きのタイが皿の上で尾をふるわせる。何故か目の上に眼帯のように、経木を四角く切ってのせてあった。

何気なくその眼帯を外した。タイは海の中にいるように大きく跳ねた。当然刺身は一気に座敷に散らばった。箸を手に慌てて大の男たちが刺身を拾い集めた。

女将に訊いたら蛍光灯の光が目に入ると体を大きく動かすことと、今時の若い女性は魚の眼に見つめられるのが弱いので隠すともいった。

蕎　麦

そばには二つの言葉が絡む。通と粋だ。

どちらの言葉も基本的には花柳界が関わるが、通はどちらかというとおたくっぽい。

蕎麦の通は落語にまで登場する。

今わの際にある八五郎の耳元で熊公が囁く。

「オメエ、言い残したいことはねえか」「何もねえ。ただ」「ただ、なんだ」「そばにたっぷりつゆを付けて食いてえ」。

時々そばにつゆを少しつけて食べている人に会うこともあるが、高血圧で塩分控えめにしているだけ、通ではない。

一方台抜き（そば抜き）の天麩羅そばを肴に酒を呑む人を粋というのだそうだ。

之には条件がある。

まず昼間であること。お銚子は二本まで、大事なことは平日であることだ。

労働者諸君が働いている時間だ。

だから都会の真ん中の蕎麦屋では出来かねる。粋には思いやりという意味もあるから、午後からの仕事がある人達の前でお銚子はたてられない。となれば私鉄にのって何駅か離れ、地元に工場の無い町に下りて蕎麦屋を探す。例えば今日は大井町線荏原町駅徒歩五分の「桂庵」、酒は「獺祭」だ。

店に入ってくる人は馴染み客が多い。店の人と軽口を交わすような所、「今日お兄ちゃん見かけないわね」「風邪引いてんの」「そぉお大事に」といった具合だ。

でもさすがに「台抜きの天そ」などと粋がって注文しても、今時の若い女の子には分からないだろうと、まだそんな言葉は使ったことがない。いろいろ試したがおかめ蕎麦か鴨せいろを頼むことが多い。おかめは具の種類が多くつまみに最適、鴨せいろはネギや鴨の香りがつゆに十分しみ込んでいるので、呑んだ後そばだけで楽しめる。

多くの人達が一生懸命に働いている時間に、またその人たちの昼下がりから頭に浮かぶ（帰りにちょっと一杯）を先取りしている罪悪感を、酒で流し込むうまさは格別だ。

岡山「和哉」

岡山駅前、高島屋デパートの裏筋三本目に料理芸術「瀬良備」という料亭があった。

自ら芸術と名乗られても疲れるが、芸術とは包丁さばきと材料を考えさせる料理、盛り付けとか店の雰囲気作りとかをさす。

記憶に残ったのはつき出しで、この日は苗代と題されキュウリを簾切りにして広げ、ソラマメで作られた青梅、菅笠が季節感を誘い、ママカリはらせん状に盛られて備前紹介という趣向だった。

余計なことだが秋に訪れた時、入口の手水鉢にもみじが浮かべてあったのが、一、二枚なら風情でも、多く浮かべ過ぎるとゴミになることに気づいた。

この店はその後経営者が変わって郊外に移転した。

それからしばらくは、もう一度訪れたいという店になかなか会えずにいた。たまたま高島屋の横手に、入口が木の肌を十分生かした造りの店があった。「和哉」という名前の店だった。

「和哉」とは何処から取った名前かと気になったが、柱にかかる火の元責任者の札を見て本人の名前と知る。

カウンター十席ほどに奥に小座敷が一つ、調理場の方が広い。話をしていくうちに「瀬良備」で修業をしていた時代があったという。なるほど顔つきは気難しいし、料理を作るときはわき目も振らず真摯に包丁を持つタイプである。皿、小鉢も目や手触りに心地良い陶器を揃えてあった。

アサリはバター焼きよりも醤油焼きが酒には合う。鱈の白子（場所によっては雲子と言う）のポン酢醤油を頼んだら、「今日のは鮮度が？」と少しあぶって出してくれた。

仕上げは焼きおにぎりの汁かけ、大ぶりの抹茶茶わんに入れて、量の少なめなのも呑んだ後には快い。

十年、岡山から遠ざかり、久し振りに大分古びた格子戸を開けたら、同じように古びた相変わらず気難しい顔が迎えてくれた。

雪割納豆

「なせばなる……」と滅亡寸前の米沢藩は、九代目藩主上杉鷹山により復興した。倹約と教育の徹底によることで知られる。豪雪地米沢は、名産をＡＢＣという。

リンゴ（アップル）・米沢牛（ビーフ）・鯉（カープ）の頭文字だ。

でもお勧めしたいのはここ米沢独特の納豆で、見た目は小粒納豆を小鉢に入れて一生懸命にお箸でかき回し、糸を白くネバネバさせた感じを想像して戴きたい。

大豆の表皮をのぞいて二つ割りにして納豆を作り、塩と麹で発酵させたものである。

徳川時代の中期、上杉藩士が戦場に赴く時に、非常食として持って行ったのが始まりで、農家の農繁期の時には便利だということから重宝されたのではないか。当時は五斗桶で作られたので「ごと納豆」といった。

戦後も少し落ち着いた昭和三十年に、それまで配給パンや学校給食のパンを製造していた会社が、別会社で製造を始め「雪割納豆」という商品名を付けて売り出した。

東北地方に初めて出張した時、パン屋さんが始めたという納豆があることを知り、求めてからお土産の定番として半世紀が経つ。

藁づとに包まれた糸を引く納豆で育った身には、浜松の納豆や京都の大徳寺納豆、ちょっとねえ……。何故かというと兎か鹿の糞のようにしか見えないからだ。でも「ごと納豆」はやみつきになる。

日本酒の肴に葱を細かく刻んで混ぜ、珍味として飽きないし、すり鉢で軽くすってお湯を注げば納豆汁になり、熱々ご飯に最高だ。

「雪割草」という可愛い花が早春雪をかき分けて咲くが、この地での雪割りという意味はそんなやさしいものでなく、雪を踏みしめて行き来するので、道路の雪は氷のようになってしまう。その上にまた雪が降っては固められ、二メートル以上にもなった氷を春の訪れと共に、米沢の人は氷割りならぬ雪割りを始めるのだ。

今、主な道路は除雪車が走るが、雪深い郊外の人は住めば都とさとって雪割りを続けている。

牛タン

舌と言うとおしゃべりにつながり、余りよく言われない。

「舌がすべる」「舌が長い」「舌の先」「二枚舌」。

しかしタンとくれば牛タンだ。

フランスでは高級珍味として場所によっては、タンシチューは領主しか食べてはいけない料理と定めた法律もあったとか。

その高級食材が昭和四〇年代、薄切りにして塩胡椒で味付けし、炭火で焼いたものを出す店が東京に出来た。それが仙台に飛び、「太助」の暖簾で始めたところ一気にファンが増え、いつ行っても行列が出来るほど名物になった。

今でこそ仙台の駅前をはじめ、いろいろ味付けなども工夫し、小ぎれいな店も増えたが、その頃はここ一軒だけ、待つしかなかった。

又このオヤジがこれ以上仏頂面は出来ないという顔で焼いていた。速く回転させたいので追加はご法度と偉そうな商売をしていた。

それこそ四〇年ぶりに見当をつけて店を探してみた。懐かしや「太助」の暖簾が掛かっている店を見つけた。

ガタピシと格子を開けて覗くと、オヤジのミニチュアが焼場に陣取っていた。酒一つにも何の工夫も無く、飲みたきゃ飲めといった感じで、愛想もくそもない。早々に店を出た。

口直しに駅前の綺麗な店に入ったのは言うまでもない。

金沢

久し振りの金沢駅前はすっかり化粧直しをしていた。新幹線の開通を予定してホテルが林立している。少し歩いた近江町市場も、中身の乱雑さは変わらないものの、モダンなビルに建て替えられていた。

又そこから香林坊に向かう百万石通りの両サイドは、欧米諸国の有名店が路面店としてのきを並べている。

朝から雨が降り続いていたので二十一世紀美術館に直行した。館内の二軒の売店を見て回るだけで満足してしまい、入場料は払わずじまいだった。

「弁当を忘れても傘を忘れるな」が合言葉の金沢だが、昼過ぎには雨も上がった。

金沢の夜は加賀の味で終わろうと店を探す。ホテルの地下伝いに加賀料理「吟の小判」に入る。

金時草のお浸し、キントキではなくキンジと読む。頼む時によそ者とすぐ分かってしまう。歯触り、香りが初めての味だ。

後はへしこに黒作りの塩辛、考えてみるとこれは富山の味だし、完全に酒の肴だ。のどぐろのあら塩焼きを頼んだ。出て来たのはのどぐろあらの塩焼き、あら塩を使ったものと間違えた。

垂涎のずわい蟹は来月からだ。

ずわい蟹の世界は他の雌雄と違い、メスが小さく雄が大きい。その為値段がすこぶる違う。

ところが最近メスのお腹の卵とみそが美味しいと、値段の差が変わらなくなった。

余り美味しいともてはやすのは止めよう。

焼酎

昭和四十三年北海道の担当になった。当時札幌と神奈川県の川崎市とどちらが先に百万都市になるかという頃だった。

札幌はリトル東京と言われ、その証拠にバーの値段が銀座並みだった。でも札幌以外の都市はそれぞれ地場産業で頑張っていた。

夕張もその一つ、石炭で活気にあふれていた。

仕事が手間取って札幌に帰る特急に乗り遅れた。次の列車まで二時間以上待つ。市街地を離れた所に駅がある。駅前には屋台を少し大きくしたようなラーメン屋が一軒あるだけ。駅に戻ってポケットウイスキーでも買って待合室でチビチビと、と思い売店をのぞいたが、山積みになっているのは透き通った瓶に入っている宝焼酎だけだった。

それから二、三年後九州に担当が変わり、或る日熊本に飛んだ。

ホテルのバーに六拍子という黒い丸瓶の焼酎が堂々と言いたくなるようにキープされていた。その時代日本酒よりも安くアルコール度も高いので、労働者の酒として売れていた。それがホテルのバーでキープできる？

夕張の洒落気もレッテルも味の無いポケット瓶の焼酎が思い出され、ショックだったのが忘れられない。

話は変わるが高知の日本一キープボトルがある店に入った時、ずらりと並んだウイスキーの瓶の脇に、日本酒の一升瓶がやはり名札をぶら下げて三十本ばかり置いてあった。さすがに焼酎が無かったことを鮮明に覚えている。

京都　波多野

東山に向かって最初の信号を左折すると平安神宮の赤い大鳥居が目に入る。角から五軒目にちりめんじゃこ屋があって、その二階が京懐石「波多野」。最初は神宮にお参りをして昼時になったので食事にと入った。大きなガラス戸の店先を入り口がわからないのでちょっと失礼と通り抜け、狭い階段下の下駄箱に靴を入れて二階に上がる。三尺の畳廊下の左手がカウンターで八席、廊下に腰掛ける形で座る。右手は三畳のほり炬燵の部屋、下の店の上あたりに十四人くらいは入れる畳敷きの部屋。親方はカウンター越しに料理を作る。

昼食は松花堂弁当と刺身定食の二品だけで弁当にした。彩りもよく夫々が丁寧に調理されお造りも新鮮だった。

世の常でおかみさんは愛想がよいが、親方はひたすら料理に没頭し口もきかない。第一耳には大きめな仁丹のようなピアス、頭は五分刈りながらモヒカン調に、そして目が鋭い。でも味も店の雰囲気も良かったので何回か昼に通い、初めて夜の懐石料理を予約した。

今日は私たちだけでお客が入ってこない。

「今夜は静かだね」

「いえ　今日は予約を全部断りました。和田さんにゆっくり食べていただきたいので。今夜は貸し切りです」

こういう態度には弱い。料理の味が一段と冴える。

ここで鱧のお造りに出会った。長年梅びしおで食べてきて好みではなかったが、こんなにおいしい魚とは思わなかった。鱧を見直した。

京都に行けば夜はほとんどここで過ごす。鱧で一杯の後おかみが「裏通りを行かれてすぐ白川がありますが、今蛍に遇えます」。

ほろ酔い加減の目には幻想のまばたきに見えた。一人でなくて幸せだった。

鮎料理

東海道線、愛称琵琶湖線野洲駅の近くに「せかんどはうす」という喫茶店のような名前の小料理屋がある。

六月の夕べ「獺祭」という銘柄でチビチビ始めていたところ、親方の友人が「沢山釣れたから」と鮎を差し入れに来た。親方がすぐにせごしにした鮎を出してくれた。連れは「釣ってから時間がたっているので生臭い」と一切れしか口にしなかった。私は釣れてすぐの活き鮎そのものを味わえるので全部頂いた。

その時生きているのを食べに行こうということになった。

東海道新幹線米原駅から琵琶湖線の終点長浜へ、迎えの車が来てくれる。琵琶湖沿いの道を北へ湖畔の店かと思いきや、車は右手に曲がり田んぼの中に入って行く。本当に田んぼの真ん中にぽつんと目当ての店鮎茶屋「かわせ」があった。古民家三軒分を合わせて作ったという板張りの大広間に、大きめのテーブルが十二台、机の上にはガス台があり塩焼きを自分で焼く。

魚体をくねらせた串刺しではなく、鮎の口から太めの串が尻尾のあたりまで刺さっていて外には抜けていない。まだ鮎は動く。

せごしや小鮎の天ぷら、唐揚げなど鮎づくめの料理をしばし楽しむ。ただ使う鮎は養殖なので人工的な餌で育つ分、鮎本来の香りは望めない。

大きく開けた窓からは一面の田んぼと伊吹山が望める。新幹線側からはスキー場もあるなだらかな山容を覗けるが、裏側に当たるここからは秩父の武甲山と同じく、セメントの材料に大きく削り取られて醜い山肌を見せている。

香りを除けば生きた鮎は酒の味を引き上げてくれた。仕上げの鮎雑炊は卵を抱えたあぶった鮎がのせられていた。

再び波多野

東山の平安神宮の鳥居を望む近くにある「波多野」という店は肴がよく、店の雰囲気が気に入って京都に訪れた時には昼も夜にも訪れている。

たまたま連れから京都御苑の近くに同じ名前の店があると「波多野なんてそうある名前ではないから行ってみない」といわれて何の疑いもなく出かけた。

地下鉄丸太町で下車、丸太町通りを東に京都御苑の塀に沿って暑い西日を背中に受け南北の通りの名前を頼りに歩く。歩行者信号があったので簡易裁判所側に渡る。次の富小路通りに出た。地図の上では店があるはずがスペイン料理の店があるだけ。曲がったり裏に出たりとうろうろした末、マンションの前に佇んでいた女性に聞いた。「ああ、昔そこにありましたね」。そこで七年前に東山に移った話を思い出した。汗があふれる。

後でわかるのだが、連れの見ていた地図が十年も前のものだったこと。世界地図などはまず発行年月日を確かめる。アフリカあたりなど変化が激しい。でも今回は京都だ。最低でも百年や二百年と持ち続けていると思い込んで疑わない。

ただここで南北の通りの名前が五条から始まるのは知っていたが、烏丸通りから寺町通りの間、車屋通りから八本目の御幸通りまでの終わりが丸太通りの北側の京都御苑で終わることを初めて知った。

足と汗に無駄はない。

生しらす

極めると何事も奥が深い。人生などと大それたことではなく「生しらす」のことである。

藤沢に住んでいるので江ノ島が近くぶらりと街を歩くと「本日生しらすあり」の小さなのぼりがいくつも目に入る。格子戸を開けて一杯という気分になる。

刻んだねぎ、すりおろした生姜に醤油を垂らしかき混ぜて食べるだけ。どこでも同じと食べていた。

そのうち微妙に味が違うことに気づく。

手を加えない分素材がものをいう。浜で揚がって二日と持たない。生臭くなる。京都あたりのすし屋でもあるくらいだが、問題は今朝早く揚がったものかどうかなのだ。また江ノ島沖でも東側と西側では味も大きさも違う。最近は不漁の日もあって、生しらす目当てに来た人たちがため息をつくこともある。先日昼に入って出された生しらすはいつもと違い輝いて見えるので、目の錯覚かと思ったが、親方が「今日のしらすは輝いているでしょう」といわれて納得する。海から揚がったばかりの光る生命を頂けた。

福山の夜

福山の夜は「魚鮮」という店で決まりだ。魚屋の店だからお造りの種類も多いし鮮度も上々だ。クリームコロッケが出たが、魚屋のイメージが崩れるというなかなかの味だった。

お相手は薬局の親子、オヤジは足が悪くて車いすで現れたが、そのダイナミックな日常生活には舌を巻く。ゴルフはやる、内外の旅行にはいく。酒もビールだけだが注げばいくらでも呑む。今年のボジョレヌーボーは美味しくなかったと解禁のすぐ後にもう飲んだ話をする元気さだ。昭和十年生まれ、「薬大でなく美大に行きたかったがオヤジが許してくれなかった」、だから油絵は正式に習ってはいないが相当の腕前だ。

外に出る。夜風が冷たい。

紀ノ川

華岡青洲の里を訪れた。二度目。滋賀のグループが最初で、今回は奈良の人たちとである。

前回は降りしきる雨の旅だった。今回もなぜか雨模様の一日になってしまったが、幸い時折ぱらつく程度で済んだ。ただ曇天のせいで、十一月の風は結構冷たかった。

奈良県を流れる吉野川は和歌山県に入ると紀ノ川と名称が変わる。有吉佐和子の自伝小説「紀ノ川」、「華岡青洲の妻」で深く知られるようになった。

有吉の書いた華岡青洲は、一八〇四年、世界に先駆けて全身麻酔の薬を見つけた。乳がんの手術を成功させるための麻酔の発見だが、やはり人体実験が欠かせない。そこで母親の於継と妻の加恵が手を挙げる。そこにある嫁姑の争いを書いた。

皿そば

「ほんまによう来んさった。来んさった」。城崎温泉駅前にはこんなのぼりが風に踊っている。京都から山陰本線特急で三時間近く、北へ北へと列車は向かうが早春なのに雪のあとがない。

さて城崎温泉に来た時にはわざわざ、皿そばを食べに出石（いずし）という城下町に足を延ばす。「こうのとり」の繁殖に力を入れている豊岡からバスで四十分ほど、水量豊かな丸山川の土手を走り左に曲がると出石だ。

昔、殿様は結構国替えをさせられた。ここ出石も信濃の上田藩から但馬の国出石藩に国替えとなった千石政明が、そば職人を連れて来たことから皿そばは始まったといわれる。出石には白磁を中心とした出石焼きがあり、釉薬を使わないのが特徴だ。その白磁でお手塩を焼き、その皿にそばをのせて出した。普通のお手塩の一回り大きめなもので、それぞれの屋号が藍色で書かれ美しい対照をなしている。

一皿の量はせいぜい二口ばかり、一人前は五皿で八百四十円、追加は一皿百三十円になる。大きめの徳利に、だしがたっぷりと入り、薬味にネギが小井一杯、大根おろし、ワサビ、とろろ、ウズラの卵には専用のはさみが付いてきて、小さな卵の頭をはさみで切るのだ。

「挽きたて」「打ちたて」「茹がきたて」の三たてが伝統的な信条とされる。東北の「わんこそば」と同じように食べ比べの皿数が壁を飾る。入った店では最高が五十三皿、六歳で十五皿、三歳で十一皿とある。

初めて見たときはこれで足りるのかと思うが、年寄りには五皿で十分だ。ただ大きめな小皿で一気に運ばれてくるから、場所はとるし、でも大きなお世話か。

狭い街並みに三十七店舗、周辺を入れて五十店舗が建ち並び迷わされる。今回飛び込んだ店は古く、新聞にも紹介されていた。「南枝」という屋号でお勧めできる味だった。

戻った城崎温泉駅の上りホームに舞うのぼりの文字はこうある。

「待っとるでえ。また来んせえなあ」。

奥琵琶湖

昭和三十年、奥琵琶湖に位置する四か村が合併した。町の名前を公募したところ、京阪神のスキーヤー達に有名だったマキノスキー場のマキノをそのままとった名前に決まった。日本でカタカナの町名第一号となる。沖縄のコザという町名と二か所だけだった。雪も深く奥琵琶湖のあたりを、その時代は通る道路がなかったので、船による往来しかできなかった。したがって北の町梅津(現在マキノ町)は港町として栄え、その思い出は朽ちた桟橋の杭に残った。

この船着き場のそばに「魚治」という、湖で取れる魚を使い、鮒ずし、焼きもろこ、小鮎の佃煮を作っている店がある。店の六代目が京都で懐石料理を学んだ。修業を終えて帰り、近江風に工夫をして料理屋を筋向かいに建てた。

平成二年に改築して新しくなった店に、たびたび訪れていた遠藤周作氏が、「狐狸庵」ならぬ「湖里庵」と名付けた。

建物は湖に向かい、湖を見渡せるようにと大きな窓ガラスを座敷につけた。なるほど地元の人が湖といわず海というのが納得できる位大きな景色だ。すぐ目の前まで波が打ち寄せる。そこに十数本の朽ちた桟橋の杭が立っている。これを目に入れながら食事をとる。

料理の味、盛りつけ、ふんだんに季節の彩りも入れて、失礼な言い方ながら、鄙にもまれな雅がある。数軒先の吉田酒造から江州地酒「竹生島」の生酒が届けられ杯を傾ける。目の前はひっそりとした奥琵琶湖、その頃の盛んな船の往来に思いをはせつつ盃を重ねると、それは心にというより、魂に沁みこむ感じがする。

「湖里庵」のちょうど対岸に「紅鮎」という割烹旅館がある。温泉がでる。尾上温泉というがこの一軒だけだ。玄関わきに桟橋があり、琵琶湖周航の遊覧船が出る。

『瑠璃の花園　珊瑚の宮　古い伝えの　竹生島　仏の御手に　いだかれて　ねむれ乙女子　やすらけく』

この先に羽衣伝説がある余呉湖が近い。

バー元禄

歴史の古い京都は料理屋さんでも創業二百年三百年の店が多い。先日入った「鳥新」という店は『うちはまだやっと百年を超えたばかりで、老舗といえるのはまだまだどす』といわれたのが印象に残っている。一方バーなどのように洋酒を扱いだすのは明治初年頃といわれるが、実際には大正の末期から昭和の初めにやっと最盛期を迎えたとされる。まだ百五十年にならない。

祇園「一力」の筋向かい、四条通りに面してある「元禄」がその最盛期の時代を象徴している。同じような歴史を持つのが「ミルクホール」というバーで丸太通りにある。中途半端な名前に何か深い意味があるのだろう。残念ながら尋ねあぐねているが、女給さんは割烹着が制服だとか。

たまたま軽く夕食をとって裏通りを歩いて表通りに出た。その時目に入ったのが歴史のありそうな古い洋館建てのこの「元禄」という店だった。会員制の看板を無視して入ってみた。

憧れのジョニーウォーカーが手に取れる価格帯になっていた時代だった。それでもサントリーレッドの六倍だったし特級の日本酒一升の倍はした。

さて「元禄」は二代目の時代だった。連れ合いとお嬢さんの三人で店を切り盛りしていた。古いメニューにはウヰスキー一杯三十銭とあった。二人娘さんがいたが長女は夜の世界を嫌ってさっさと嫁に出たので、次女が手伝う羽目になった。

三代目のためにとホテルのバーテンをしていた男を婿に迎えた。安心したのか二代目はしばらくして亡くなった。

明るい雰囲気を思い出として、しばらく顔を出さなかった。久しぶりにのぞいたとき、寂しい空気に息をのむ。母親と娘の二人だけだった。カウンターの向こう側で大きな黒いクマのぬいぐるみを抱いていたのが目に焼き付いた。すぐ別れたようだった。

三十年の月日が流れた。昔の古さにさらに古さを加えたそのままの店が残っていた。

ドアを開けてはいると、母親は相変わらず普段着のような格好でカウンターの外に座り、三十年の月日は娘さんを芸妓上がりのような和服姿に変えて立派な貫録を出していた。

童話を飾る小料理屋

『昔ある村の里山あたりに気だての優しい赤鬼が住んでいました。村の人と仲良くなりたいと、毎日お湯を沸かしお菓子を用意して村人たちの来るのを待ちましたが、みな怖がってやって来ません。

仲の良い青鬼が赤鬼の気持ちを知り、ある方法を授けに山からやって来ました。青鬼が村人たちをいじめ、赤鬼がこれを追っ払ってやります。

この芝居はうまくいき、村人たちは赤鬼がやさしいことを知って、お茶を飲みに来るようになります。

ただ赤鬼は山に行ったきりの青鬼のことが気になって仕方がないところに、青鬼からの手紙が届きます。

「もう二度と君の前には現れません。君と友達だということがわかれば、村人たちはもう来なくなるでしょう」

赤鬼は何度も何度も手紙を読み返しました。目から大粒の涙を流しながら何度も読みました』

この鬼たちの童話を、畳二枚分を横に並べた大きさの紙に上手な筆使いで書いてある。書は店の女将が書いた。壁一杯に張られ狭い店なので、いやでも読まされる羽目になる。

子供の頃の絵本を思い出しながら目で追って、一杯飲んでいると、泣き上戸になる恐れがある。

横浜元町の一本山手寄りの裏通り「梅林」という予約なしでは入れない料亭で修業した女将が一人で開く。「ひら」という店である。

前菜がその時の季節の旬をあしらって、三十種類大皿にのって出てくる。

あとの料理はお任せで、選ぶのは飲み物だけ。

楽なような気もするが、ただ料理のコースが判然としないと、酒と肴の相性をこよなく大事にする身としては、日本酒は冷やか常温か、また焼酎は湯割りかロックか、さらにはワインかと迷うのだ。肩の凝る店ではある。

海陽亭

日本に樺太があった時代、小樽築港は北に向かう港として船の出入りが多く、金融機関の支店も当然札幌ではなく小樽だった。料亭も立派な店構えが軒を連ねていた。

戦後は、港の活況も無くなり銀行は冷たく札幌に移動した。そのさびれた小樽に出張したのは昭和三十年も終わろうという頃、夜の食事に老舗の海陽亭を訪れてみた。

狭いながらもカウンターがあって、今は普通になった調理場が丸見えのしつらえだった。今でも思い出すのは生ウニが山と乗った小鍋料理だ。ビールは当時道内限定のサッポロ黒ラベルだ。しばらくして札幌の定宿にしていたパークホテルの近くに支店が出来た。札幌に行けば必ず顔を出した。

当時札幌はリトルトウキョウといわれ、店は東京からの出張者が常連さんだった。市内のバーの支払いが銀座並みで妙に納得した。

海陽亭は料理も雰囲気も良く、常連さんたちはみんな「東京に店を出したら贔屓にするよ」とおだてて、店もその気になった。

新橋演舞場の裏手に出店したのでさっそく出かけた。ところが札幌の店の雰囲気も風情も味も感じられない。はるばる海峡を渡って内地から来た感傷や、客の出入りに雪も一緒だったことも酒の味に一役買っていたのだった。

間もなく店は引き揚げた。

三十年の月日がたった。海陽亭のこともいつの間にか思い出から消えた。六月の読売新聞に老舗介護施設に変身という見出しで記事が載った。

紹介はお年寄りのデーサービスの変化を知らせるものだった。

少し前に地方の流行らないキャバレーを改装し、閉じこもりがちな高齢者を外に出させる施設にして評判になったという。そんな考え方に高級料理屋だった海陽亭がのったというのだ。

料亭の設備や施設そのままに介護施設に衣替えをし、食事には働いていた板前が腕を振るう。

懐かしい思い出のともし火がまた一つ消えた。

駅弁

昭和も終わりごろの昔の話だ。上越新幹線の中で弁当を買った。鶏も牛蒡も大好きなので迷わず「鶏ごぼう照り焼き弁当」を手にした。出来たての熱さが手に伝わる。

蓋を開けるとご飯の上に鶏の照り焼きは並ぶが、期待したごぼうが無い。買うときに頭に浮かんだ笹がきの斜めに薄く切ったごぼうがのっていないのだ。ただ鶏のひき肉とみじん切りにした野菜を味つけし盛りつけてあった。食べ終わって空を捨てに立ったが、何か落ち着かないので製造元の住所をメモした。

帰宅後「詐欺ではないか」と製造元に手紙を書いたが、鷺を烏とまるめこまれても嫌なので、牛蒡が入っていなかったことだけを書いた。

間もなく五百円券と返書が来た。なんとアメリカ工場で製造され、東京駅でチンした弁当なのだ。出来立てだと感激したのが漫画に思える。

ごぼうはみじん切りの中にあったのだ。せっかくだから券を使って同じ弁当を買ってみた。

しみじみ見ると表のラベルには会社が『製造者』となり、箱の裏には同じ会社が『販売者』となっている。アメリカ産の米で、アメリカ工場で生産し、急速冷凍技術でとあることは分かったが、なんとなく釈然としない。

ところで現在ＪＲ駅九八〇〇余りのうち一五〇〇駅に駅弁が売られているとか。よくデパートで全国駅弁大会などが開かれているが、いつも大変な賑わいだ。ふるさとの香りを訪ねて求める人も多いのだろう。

藤沢　喜食屋

独り身になってから、気楽に好みのお惣菜で、のんびり一杯呑める小料理屋を探すようになった。

帰宅駅なので藤沢駅周辺で見つけたいのだが、専門店が多く小料理屋風情が無い。江ノ電の江ノ島駅から海までの道の両側は観光客相手の食事の店が多く、女性がやかましく店先で客引きをする。

その駅の改札を出た筋向かいに気になった店があった。屋号は喜食屋、間口は三間程、三尺位の引き戸は曇りガラスで、店の中の様子は分からない。ただ昼定食の何品かは、町の定食屋ていどの値段なので入ってみた。大きなレストランと違って、こうした小さな店に最初は入りにくい。カウンター八席、四人掛けのテーブル三台と、奥に詰めて八人くらいのこたつ式の座敷、調理場は家庭の台所を持ってきた感じだ。初老のオヤジに聞いてみると、まだ店を開いて八年ほどだそうだが、地元の客も多いのに気づき、観光客相手だけでないのがわかって嬉しい。

年配のおやじの雰囲気からして脱サラなのか、いつかやりたいと思っていた小料理屋を退職まで待って始めたのか、人生いろいろがちらりと垣間見えてくる。それを想像しながら好きな芋焼酎を傾けるのも楽しい。

カウンターの上には季節の煮物が大皿に盛りつけてあり、「生シラスあり」の小さな手書きの札が風に揺れているのを目にすると無視はできない。

駅前などにも「生シラスあり」の看板がかかっているが、鮮度が違って、浜で今の今まで生きていたのとは雲泥の差だ。

「小さいシラスと大きいシラスがありますが、どちらにしますか？」急に言われても大小なるシラスが頭に浮かばず、返事が出来ない。オヤジ気を利かして両方を盛ってくれた。

同じ浜でも東側と西側では違うのだそうだ。大きいシラスは小女子の半分くらいの大きさだが、小さいシラスの何倍かはある。

味の軍配はシラスのために上げないでおこう。

三崎

神奈川県に住んで長いが、三浦半島や、ましてその突端の三崎町を訪れたことが無い。この度縁あって三崎に魚を食べに行こうということになった。

会場は京浜急行三崎口駅からタクシーで千円ちょっと、海にはまだ一里ほど、小高い丘の上に建つしもた屋だが、網元として朝、漁港にあがった魚を料理して食べて戴きたいとの思いで料理屋にしたという。

タクシーの運転士に言わせると「あの店は変わっていますよ。普通は予約の人数より一人でも二人でも増えれば喜ぶのに、予約人数しか準備が出来ていないと、顔をしかめて断るそうです」。

店の名前は真魚屋、マナヤと読む。魚をナと読ませるのは多少無理があるように感じたが、後日調べたら「食べられる魚」の雅な読みと知る。

さすが網元だけあって、床柱も凝っているし、掛けられたお軸や大ぶりな白磁の花瓶も目に留まる。女将さんの趣味だそうで、布のコースターは赤トウガラシの柄、「京都に行くとつい小物に手が出て」と呟く。

水揚げされたばかりの魚を使うから、どんな料理もおいしい。天麩羅、お造り、白身のカルパッチョ風などが趣味のいい食器で出される。酒肴という位なので、折角の魚に敬意を表してお酒を少し頂く。終わりの方で金目鯛の大きな切り身の煮つけが、白磁の深皿に煮汁もたっぷりに掛けられて出てきた。新宿あたりのサラリーマンのランチで、もしも金目の煮つけが出たとしても、この切り身のせいぜい四分の一位、煮汁も魚が乾かない程度にしか、かかってこないだろうなと思わせる豪快さであった。

呑む

六十数年間アルコールと縁が切れない。

アルコール依存症でもアルコール中毒でもないとしておこう。

自宅での晩酌から始まり、築地の料亭に座り、ガード下の赤提灯か縄のれんの飲み屋の硬い縁台まで。或いは歴史あるバーから、つまみは崎陽軒のシウマイ一個か乾きものだけのママ一人のバーまで、ここに酒の種類が入る。日本酒から焼酎に洋酒、ワインにビール、それに好きな銘柄を入れていったら、八百字では収まらないだろう。

ふと歩く裏通りに想い出が転がっている。ウロウロしていると馴染みの顔に出会ったりもする。さすがに八十歳を超えると、当然相手も同じ様に歳を重ねている。だから暖簾が変わっていたり、子供の代になっていたりして、時の移ろいをしみじみ感じることになる。

「だから何さ」と言われればそれまでのことだが、初めてのこぢんまりした、有り体にいえば小さな店に入るときや、会員制の看板がかかっているような店に入るコツを教わったことがある。

「この前はどうもどうも」と常連のような顔をする。おずおずはまず駄目、ドアや暖簾をくぐったら、席をキョロキョロも駄目、兎に角ずずっと奥まで入ること。バーのママや店の主人、女将にしても不審に思いながらも「ああらいらっしゃい」と袖にはできない。

バーの場合は大体がドア一枚だから、ただ開ければいい。でも京都で開けたら目の前に大きな衝立があって、カウンターの位置が右か左かわからず、一瞬困ったこともある。

問題は引き戸が二枚の場合だ。暖簾がかかっていれば汚れ方で見極める。或いは取っ手の汚れや爪の傷跡でもいい。

黄昏どき、小料理屋の前に立ったが、薄暗くて頼りにする汚れも傷跡もわからない。見当をつけて開けたら調理場だった。「入口は反対側」と言われて、新参者がバレバレだったこともある。

そんなときの酒の味はなぜかほろ苦い。

和田　幸也（わだ・ゆきや）
1930年横浜生まれ。1951年慶應義塾大学経済学部卒業。
健康関連会社に就職、カポニー産業株式会社非常勤顧問。
1965年心身医学啓蒙のための市民団体に所属、現在東京セルフ研究会
代表世話人。

NDC914
和田幸也
神奈川　銀の鈴社　2016
148頁　18.8cm　たそがれのぶんちゃか

銀鈴叢書　ライフデザインシリーズ　定価＝一、五〇〇円＋税

たそがれのぶんちゃか

二〇一六年一一月三日　初版発行
著　者──和田　幸也©
発　行──㈱銀の鈴社
〒二四八-〇〇〇五　神奈川県鎌倉市雪ノ下三-八-三三
電　話　0467(61)1930
FAX　0467(61)1931
E-mail info@ginsuzu.com
http://www.ginsuzu.com

発行者　柴崎　聡・西野真由美

ISBN978-4-87786-491-0 C0095

（落丁・乱丁本はおとりかえいたします。）
印刷・電算印刷　製本・渋谷文泉閣